岁月
终将各自美丽

著

北方联合出版传媒(集团)股份有限公司
万卷出版公司
2016年·沈阳

ⓒ 奈奈 2016

图书在版编目（CIP）数据

岁月终将各自美丽 / 奈奈著. -- 沈阳：万卷出版公司, 2016.10
ISBN 978-7-5470-4300-4

Ⅰ.①岁… Ⅱ.①奈… Ⅲ.①长篇小说 – 中国 – 当代 Ⅳ.①I247.5

中国版本图书馆CIP数据核字(2016)第223645号

出版发行：	北方联合出版传媒（集团）股份有限公司
	万卷出版公司
	（地址：沈阳市和平区十一纬路25号 邮编：110003）
印 刷 者：	湖南省众鑫印务有限公司
经 销 者：	全国新华书店
幅面尺寸：	158 mm×229 mm
字　　数：	164千字
印　　张：	16
出版时间：	2016年10月第1版
印刷时间：	2016年10月第1次印刷
责任编辑：	王亦言
封面设计：	梦　柔
版式设计：	齐晓婷
责任校对：	曾乐文
ISBN:	978-7-5470-4300-4
定　　价：	26.80元

联系电话：024-23284090
邮购热线：024-23284050
传　　真：024-23284448
E-mail:vpc_tougao@163.com
网　　址：http://www.chinavpc.com

目录
Contents

| 楔子 Prologue | 001 |

| 第一章 Chapter 01 | 我和你的平行世界 | 007 |

| 第二章 Chapter 02 | 背道而驰的交叉线 | 033 |

| 第三章 Chapter 03 | 最美好的事 | 059 |

| 第四章 Chapter 04 | 陪你度过漫长岁月 | 083 |

目录 Contents

第五章 骄傲的少年　109
Chapter 05

第六章 故　人　旧　事　133
Chapter 06

第七章 近在咫尺的思念　161
Chapter 07

第八章 清　风　徐　来　185
Chapter 08

第九章 最　美　遇　见　你　207
Chapter 09

尾声　231
Epilogue

楔子
Prologue

  骄傲的谢安昀一直不承认自己是个没勇气的人,但他心里其实再清楚不过,于爱情方面而言,自己是个十足的胆小鬼。

  明明那么倾尽全力地喜欢着那个叫慕云青的女孩,却咬紧牙关装出满不在乎的样子,安慰自己,因为她的眼里没有他,所以他也对她"不屑一顾",那是他不可侵犯的骄傲与尊严。

  但很多个独自枯坐的暗夜里,他清楚地知道,那不过是借口。他其实是害怕,害怕她不喜欢那么喜欢着她的自己,所以宁可假装自己不喜欢她。

  所以,谢安昀其实有点不明白,就在刚刚,他生命即将终结的前一分钟,是哪里来的勇气,那么奋不顾身又毫不犹豫地踩下油门,将另一辆车撞到一边的?

  当他因为冲击力飞出敞篷车顶摔在地上时,他突然明白了,那样奋不顾身,只是因为他爱她。因为爱她,所以不忍心看她有一丁点伤心与难过;因为爱她,所以愿意欣然代替她爱的人迎接死亡……

  "慕云青,你看,在最后的最后,我终于做了一件能令你开心的事,对不对?"身体重重地落在地上的时候,谢安昀望着天空中的某处,低喃道。

明明全身已近支离破碎,他却感觉不到一点疼痛。

因为真的太开心了啊,死的那个人,是自己,不是云青喜欢的那个人。

这样真好!

天边的晚霞绚烂极了,谢安昀轻轻地眨了眨眼睛,恍惚间,那玫瑰色的云霞里隐约映出一张女孩略显清冷的侧脸,那是他喜欢的云青。

血从他的身体各个部位不停地流出来,他如释重负般轻轻叹了一口气,用力地弯起唯一能动的嘴角。

都说,人在死前,眼前会像放电影一般出现这一生中最美好的画面,果然是这样的啊!

他一生中最美好的画面如浮光掠影般从眼前掠过。

是的,他看见了云青。

九岁时的小云青,刚刚失去了母亲,被父亲强迫去参加一场欢天喜地的派对。那时候,十一岁的他同样因为被迫参加派对不能跟同学一起打游戏而跟父亲赌气。正气愤难当的时候,是九岁的云青走过来,轻声对他说了一句:"越是难以接受的事,就越要尝试着去接受,那样自己才会好过一点。"

她没有安慰他,只是冷静又清冷地说了那样一句话,他就记住了她,那个冷静得令人心疼的小女孩——慕云青。

然后是十六岁的云青,清冷自持得让人不敢接近。他耐着性子终于等到自己十八岁那天兴冲冲地跑去见她,他以为很多话,比如爱与承诺,只有以成年人的身份说出口才显得认真又郑重。

然而，那个下雪的清晨，当他气喘吁吁地跑到她的面前，大声叫她"云青"时，她却愣在原地，像看陌生人一样看着他，良久，才毫无感情地问道："谢大少，有事？"

满腔的话，因为她的冷淡而变得无法说出口。十八岁的谢安昀有着固执的骄傲，所以，他藏起心事，假装满不在乎地嘲笑她："慕云青，你的短发真难看。"

"谢谢。"她笑着说，并不反驳。

那是她第一次跟他说"谢谢"，虽然不是出于真心，他却莫名开心，几乎要忘记了前一刻才被她的冷漠浇灭的所有热情。

她第二次跟他说"谢谢"，是四年后。那时候，慕家已物是人非，她已经不再是那个不能接近的大小姐。她从云端跌入泥潭，他是唯一向她伸出援手的人。

她似乎很诧异，看着听到消息后第一时间赶到她身旁的他，茫然地说："最后，愿意帮我的人，竟然是你。"

他没有说话，只是微笑。

怎么不会是我呢？

云青，这么多年，我一直都是那个在角落里默默关注着你的人啊！只是你看不见我而已。

再后来，他一直在憧憬着，没有了龙曦，只要他努力一点，再努力一点，总有一天会得到云青的心吧！

因为那时候的他，总是天真地以为，云青和龙曦，是两条永远不会有交集的平行线，而自己才是那条注定会和云青有交集的斜线。

可是，直到最后，他才明白，他是那条划过两条平行线的斜线，因为他，两条平行线最终有了联系，然后，所有的故事再也与他无关……

疼痛从四肢慢慢传至心脏，谢安昀用尽最后一丝力气，对着虚空微笑起来。在那里，他看见了二十三岁的云青……

慕云青，我不后悔的，哪怕只是做了那条让你和龙曦有联系的斜线，我也不会后悔的。

因为，世界那么大，我真正爱过的，只有一个你。

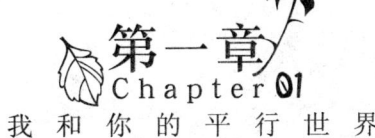

第一章 Chapter 01
我 和 你 的 平 行 世 界

  我和你,像是两条毫无纠葛的平行线,各自前进,各自精彩,各自孤单。直到那个风雪如晦的夜晚来临,像是那晚夜幕里蓦然绽放的烟火一样,我们之间某颗种子悄悄发了芽,猝不及防间开了花,然后,两个原本毫不相干的平行世界,慢慢有了不可思议的交集。

【一】

  C城,除夕夜,喧嚣又纷杂的晚宴派对,每个人的脸上都带着虚假到令人尴尬的笑容。分明身处热闹之中,却越发觉得孤单得可怕。我站在大幅的落地窗前,慢慢就出了神。

  窗外是漫天飞舞的雪花,窗内温暖如春,觥筹交错。

  这是成功人士的晚宴派对,年长的忙着拓宽人脉,小一辈的忙着认识帅哥美女。

  好像每个人都在忙碌,他们三五成群,谈笑风生。这就显得我的存在稍微有些突兀。

  说实在的,其实我并不擅长应付这样的场面。这种上流社会的宴会,看上去一片和谐，但私底下暗流涌动，每个人都挂着虚伪的笑容，人与人之间应该有的真诚，在这种场合中，是不存在的。

暧昧的水晶吊灯的光芒将干净的玻璃窗打磨成一面光滑的水镜，盯着映在玻璃窗上的影子看得久了，会让人有些恍惚，分不清哪一方是真实的，哪一方才是幻影。

"是龙曦！"有个女生盯着宴会厅入口处压低声音惊呼了一声。

透过玻璃上的投影可以很清晰地看到入口处的画面，那里站着一个燕尾服男子。他来得匆忙，衣襟似乎还带着外面的寒风。不少人朝入口处看了过去，他十分淡定地走进来。

"龙曦，你迟到了哦！"他刚从侍者手里接过一只高脚杯，就有几个穿着晚礼服的女生围了上去。

"嗯，路上有点小插曲。"他的声音同他整个人的气质一样，清澈干净，自带一股疏离感，却又不至于拒人千里之外，那是一种克制的矜持。

我将视线移向另一侧，夜空被时不时亮起的烟火点缀，雪似乎下得更大了一些。如果这样连续下一整夜，那么明天就能看到白茫茫一片的积雪了吧。

说起来，C城好久没有下过这样的大雪了，最近的一次，是在我十六岁的时候。那场雪从深夜一直不停歇地下到了第二天的傍晚，当雪过天晴，瑰丽的晚霞映照在满地清冷的白雪上时，那景致美得叫人难以忘怀。

"哟，这不是慕家大小姐嘛。"

一个略显聒噪的声音传进耳中，不用回头看，我也知道声音的主人是

谁。会用这种语气这么称呼我的,除了谢安昀,没有别人。

　　C城的上流社会实在是太小了,小到每次参加这种晚宴,几乎都能遇到同样的人,久而久之,就算再不喜欢这种场合的我,也将晚宴上的人都认清楚了,不过也仅限于知道他们的名字和身份而已,我与他们并没有什么交情。

　　"大小姐怎么一个人在这里?哦,我忘了,我们慕大小姐一直都是一个人的。"谢安昀端着一杯鸡尾酒走到我身边。

　　今天的谢安昀穿了一身白色礼服,看上去英气逼人。平心而论,谢安昀的长相在C城公子哥里,也算是排在前头的。

　　"谢大少有事吗?"我回头看着谢安昀。我感觉得到谢安昀对我有一股奇怪的敌意,他似乎很喜欢挑衅我、挖苦我,这并不是第一次,但凡在宴会上遇见他,总少不了要被他攻击一番。我实在想不起来到底在什么时候得罪过这位谢大少。

　　"好歹我们也是一个学校的,一定要有事才能找你说话吗?"他的眼底有一抹嘲讽似的笑意。

　　"安昀。"龙曦走过来站在了谢安昀的身边,他的视线从我脸上扫过,最后停在了谢安昀的身上,"谢伯伯正找你呢。"

　　谢安昀看了我一眼,然后跟着龙曦走开了。走开之前,龙曦冲我略微点了一下头。

　　我愣了一下,回以一个微笑。目送龙曦和谢安昀走开,我转过身,继续望着窗外绽放的烟花。

　　因为刚刚的小插曲,有几道目光一直若有若无地落在我的身上,大概是因为谢安昀和龙曦的缘故吧。在C城，龙曦和谢安昀算得上是最有名的豪门少爷。和矜持淡漠的龙曦不同，谢安昀性格张扬不羁，C城的名媛们希望和谢安昀做恋人，但她们向往的结婚对象是龙曦。

明明是性格迥异、截然不同的两个人，却是一对好朋友。这样的组合，倒是让很多人啧啧称奇。

"慕小姐，你和他们很熟吗？"有个女生终是忍不住，她走到我身边倚在玻璃窗上，问得直截了当。

"不熟。"我淡淡地答道。

"哦，这样啊！"她将捏在手里的高脚杯轻轻晃了晃，几滴红酒溅出来，正好滴在了我浅紫色的礼服上。

"哎呀，对不起，弄脏了你的衣服，我回头赔你一套吧。"她说得并不真诚，眼底甚至还有一丝挑衅。

"不用了，我去处理一下。"我并不打算和她多说什么，她明摆着是来找事的，无论我怎么回答她的问题，她都不会满意。她会来问我，肯定是心里已经对我有了想法。就像你无法叫醒一个装睡的人一样，我也无法让她相信，我和谢安昀还有龙曦并不熟。

唉，女人的嫉妒心真可怕。

走出宴会厅，我长呼一口气。走廊里很安静，和宴会厅里面一样，地面也铺着地毯。我走进洗手间，抽出一张干净的纸巾，稍稍将它打湿，然后擦拭被弄脏的礼服裙。

酒渍是最难清理的，我擦了一会儿擦不掉，便放弃了。裙子上湿了一

片，看样子是没有办法回宴会厅了。这样一来，我只好走进边上的小休息室，打算在这里打发时间，直到宴会结束，跟爸爸交差。

休息室里的暖气开得比宴会厅里还要足，身上暖暖的，我坐了一会儿便有些昏昏欲睡。随着隔壁宴会厅里的说笑声离我越来越远，我很快就真的睡了过去。等我清醒过来时，外面已经变得非常安静了。

我从随身的小包里拿出手机看了一眼，时间已经很晚了，晚宴早已结束，宴会厅里只剩下酒店的工作人员。

我走到衣帽间，只剩下我的大衣还挂在那里。我取下大衣穿上，一边走一边给爸爸打了个电话。

过了好一会儿电话才被人接起，只是说话的人不是爸爸，而是顾姨。

"你们在哪儿？"我一边问一边进了通向地下停车场的电梯。

"我们正在回去的路上啊。怎么了，云青？"顾姨问。

怎么了，云青？

这一刻我很想问她，我们不是一起来的吗，为什么回去的时候，却独独忘记了我呢？为什么忘记了我，还能这么云淡风轻地问我怎么了？

可是这些话没能说出口。

"没什么，我以为你们还在酒店呢。"

说完，我挂断了电话。

电梯的门在眼前开启，冷风灌了进来，我深吸一口气，试图压下涌上心头的愤怒和悲凉。

为什么还会有这样的情绪？

我不是应该早就习惯了吗？

自从九岁那年妈妈死后，爸爸领着顾姨和五岁大的慕狄站在我面前，告诉我他要和顾姨结婚之后，在慕家，我就是那个多余的人了。

我已经记不起来那一刻我是怎样的心情，是愤怒还是生气，是悲哀还是难过……或许那时候我根本什么都没有想，我唯一知道的是，爸爸早就背叛了妈妈，慕狄的存在就是最大的讽刺，而妈妈一死，他就迫不及待地将那两个人带回了慕家。

这么多年走过来，多亏我这人还有自知之明，自取其辱的问题，我是不会问的。因为问了，难堪的人只有我自己。

【二】

我紧了紧大衣的衣领，顺着昏暗的通道往前走。深夜的酒店地下停车场分外安静，这显得我的脚步声格外清脆，每走一步我都能听到回声。

我翻了翻随身小包，里面还有一些现金。既然已经到了停车场，就从D出口出去再打车吧，这么晚，其他出口好像都不太好打车。

我不禁苦笑了一下，该说自己早有准备，还是早就对爸爸失望了呢？大概是因为知道，我这辈子，能依靠的，只有自己而已。

又走了一段路之后，我发现前面不远处昏暗的角落里，依稀有几个人站在那儿，手中有火苗忽明忽暗，像是在玩打火机。

我的神经立刻绷紧，脚步下意识地放慢了一些。

这深更半夜的，那些人在这里做什么呢？

直觉告诉我，再往前走，肯定有危险。我还是不要从D出口出去了，直接转身往回走，乘电梯上楼再说。

然而我才转身走出两步，身后就传来了急促且沉重的脚步声。

我没有回头看，而是大步奔跑起来。糟糕的是，为了参加宴会，我特意穿了一双高跟鞋，这时却因为心慌，一时没走稳扭到了脚。

我疼得瞬间就冒出了一身汗，而此时脚步声已近在咫尺。

"我说，这位小姐，你这么着急，是要去哪里啊？大半夜的打扮得这么漂亮，在这么好的酒店地下停车场闲逛，多无聊啊，不如陪我们哥几个好好聊聊天！"

手臂被人用力地扯住，一个戏谑的声音在身后响起。

我惊得回头看了一眼，只见刚刚在前面玩打火机的那几个人，已经全都追到我的身边，每一个人的脸上都带着不怀好意的笑。

他们打量我的眼神仿佛是在打量一沓现金，在昏暗的地下停车场泛着金光。

"你们是谁？想要做什么？我告诉你们，我可不是好欺负的！"我强忍着呼救的冲动，故作镇定地大声说道。

我知道这种时候自己先慌了，只会让这些人更加肆无忌惮。

"哥几个最近手头缺钱花，知道今天这家酒店有个上流社会的宴会，所以蹲点到现在寻找机会。看样子，小姐是宴会最后一个走的啊！不知道小姐肯不肯发发善心，借我们点钱用用呢？"拉住我的人这么说着，用眼神示意其他人朝我逼近。

我用力挣扎了一下被拉扯住的手臂,想寻找机会逃跑,却怎么也挣脱不开。万般无奈之下,我只好将手包递过去,说:"都给你们。"

可是没有人接我手上的包。

接着,一阵低低的嗤笑声传入我的耳中。我的心一下子沉到了谷底,看来,这群人不是那么容易打发的。

我扫视了一圈周围的这些人,尽管是在昏暗的光线中,他们每个人的脸都藏在阴影里,可是,他们那一道道毫不掩饰地打量我的贪婪目光一览无余,让我尽收眼底。

"小姐,你也太天真了吧!你以为我们哥几个在这里蹲守了一整天就为了这么点钱吗?快点,给你家人打电话,让他们送钱来!"拉扯住我的人明显是这些人的头头,他一边说,一边冷冷地看着我。那眼神就像是躲在暗处的毒蛇,看得我浑身起鸡皮疙瘩。

"别耍什么花样,快点!"那人见我半晌没有动,便冷喝一声,从口袋里掏出一把瑞士军刀,拿在手上异常灵活地把玩着。

到了这种时候,原本只是故作镇定的我,竟然奇迹般地真正冷静下来。

大脑飞速运转着,我一边慢吞吞地打开小包,从里面拿出手机,一边思索着接下来要怎么办。

这些人理所当然地认为能够参加上流社会宴会的千金小姐都绝对是父母的掌上明珠,所以不管他们勒索多少钱,她们的父母都会乖乖照做。可是,他们不知道的是,如果是父母的掌上明珠,还会有深更半夜单独出现在这里被他们逮个正着的机会吗?

"快点!"那人催促道,眼里已然有了一丝不耐烦。

我将手机拿出来,点开通讯录,手指从那些号码上一个一个滑过去。这种时候,我该打给谁才好呢?我爸爸吗?又该是顾姨接电话吧?

可是,其他号码所维系着的那些人,和我的关系都没有熟到能以身涉险来救我的地步。

"太慢了!"在我犹豫的时候,那些人已经很不耐烦了。

在那个头头的示意下,一个小弟一把将我手上的手机抢了过去。我下意识地伸手想要去抢回来,就在这时,一只手将我伸到半空的手压了下去,几乎是同时,抢走我手机的那只手,被另一只手牢牢抓住了。

我愣在那里,呆呆地看着忽然出现在我面前的人,大脑一时间反应不过来。

"这么多人为难一个女孩子,不太好吧?"

一个略显清冷的嗓音响起,是位燕尾服男子,他挡在了我前面。

龙曦?

虽然看不到他的正脸,但是他的身形和声音,以及身上的这件晚礼服,都清晰无比地告诉我,他就是龙曦。

"你是谁?不要多管闲事!"被抓住手腕的那个人顿时恼羞成怒,他挣了一下,却没能挣脱。

龙曦一伸手,将我的手机夺了回来。

"我就是个过路的。"龙曦将手机交还给了我,我怔怔地接过来。他从口袋里掏出自己的手机,点开通话记录:"五分钟前我已经报警了,我记得有个警察局离这里很近。"

那群打劫的人脸都变了色,他们面面相觑。为首的那人倒是很冷静,吆喝道:"是吗?把这个阔少爷也一起带走!送上门的肥羊,不要白不要!"

我心中一慌,想要说话,龙曦却稍稍侧过头,用眼神制止了我。

"那就看你们要不要得起了。"

他话音刚落,那些人便一拥而上,想要制伏他。

龙曦看似文弱,身手却极为敏捷。我心中很是着急,不知道他说的报警到底是真还是假。如果是真的,那他能不能撑到警察赶过来?如果是假的,那他还能撑多久?

而如果警察真的来了,我又要如何脱身?

作为慕家的大小姐,和龙家大少爷一起坐警车去警察局,并不是一件什么光彩的事。

就在我忐忑不安的时候,身后传来一声厉喝:"前面的人都给我停手!"

我回头看了一眼,就见不远处走来好几个人,清一色穿着保安制服,手里都拿着电棍。

那些人见状,全都愣住了,三秒过后,他们很有默契地转身就跑,而酒店的保安手持电棍追了上去。

危机解除,我浑身一阵虚软,钻心的疼痛再次涌上来。我站立不住,直接坐在了地上。刚刚太过紧张,以至于我都感觉不到脚上的痛意。

"你没事吧?"龙曦转过身来,蹲在我的面前,一贯淡漠的脸上也稍稍

有了一丝关切。

"我没事。龙曦,你怎么会在这里?"我是最后一个离开宴会厅的,那时候明明所有人都已经离开了,那么在我之前走的龙曦,为什么会恰好出现在这里?

我已经记不起来第一次见龙曦是在什么时候。小时候经常被大人带着参加各种各样的宴会,绝大多数时间我都是被遗忘在宴会的某个角落里的。而龙曦和我不一样。就算他克制矜持,有种超脱年龄的老成、理智,也总是会有各种各样的孩子围在他身边,从来不会被遗忘。

记不清我们一起参加过多少次宴会,但我和龙曦从来都不曾说过话,我们就像两条毫不相干的平行线,活在各自的时空里,唯一一次视线交会,大概就是在今天的晚宴上,因为谢安昀的缘故,他冲我点了一下头而已。

所以,与我毫无交集的龙曦,为什么会突然出现在这里?

从小到大,我跟着大人们耳濡目染,唯一明白的道理就是,这世上没有人会无缘无故地帮你。所有靠近我的人,一定都是带着某种目的的。

那……龙曦跑来救我,又是为了什么呢?

"脚很疼吧?"龙曦没有回答我的问题,他的视线落在了我的脚上,右边的那只脚扭伤了脚踝,已经肿起来了。

"我不要紧的。"我从地上站了起来,因为右脚疼得厉害,我尽量将全身的重量都集中在左边,"刚刚……谢谢了。"

"你需要去医院。"龙曦皱了皱眉,语气仍是淡淡的。

"我自己会去的,时间很晚了,我先走了。"我转身,打算沿着来时的路折回去，因为这比从地下停车场走出去更省时。

我现在只想赶紧离开这里，好不好打车出去再说。

他报警了，我一点都不想和警察局扯上关系。虽然我并不在乎名声之类，但我不在乎，不等于慕家不在乎。我不想爸爸为了这种事教训我，也不想让他因为这种事而注意到我。

龙曦没有阻止我，而是在我转身之后，自行离开了。

脚很痛，我脱掉高跟鞋拎在手上。从这里到电梯口，本来只需要走一两分钟，可是因为右脚脚踝扭伤，这段短短的路途，变得极为漫长。

突然，一道有些刺眼的车灯迎面照来。我偏过头，下意识地躲开，然而那车一下子开到了我身边。

我心生警惕，该不会是刚刚那些绑架勒索的还有同伙吧？

不过我的顾虑很快就被打消了，因为从那车里走下来的，还是龙曦。

他朝我走来，我不得不停下脚步，问："还有什么事吗？"

"你的脚扭伤了，走路不方便，我送你一程吧。"他静静地看着我，漆黑的眼眸在地下停车场略显幽暗的灯光下，似闪耀的星星一般明亮。

我直截了当地拒绝道："不用了，我自己可以的。你不用管我，我自己能行。"

我往前走了一步，龙曦抬手挡在了我的面前，脸上露出了一点笑意："慕小姐是要我对倒在我面前的人见死不救吗？"

"第一，我没有倒下；第二，我不觉得我需要你救。"我并不想和他过多纠缠，我现在只想快点离开这个地下停车场。

"是吗?可是几分钟之前,我才救过你吧?"他脸上的表情似笑非笑,眸光深邃。

我心里有些烦躁,口是心非地说道:"我刚刚也没有求你救,没有你,我一样可以脱身。"

"那还真是抱歉,是我多管闲事了。"他听我这么说,竟然也不生气,仍然是那副淡然的模样。

"知道就好。"我压下他挡在我身前的手,继续用一只脚跳着往前走。

"我刚刚没有报警。"龙曦的声音自身后传来。

我脚步一停,下意识地回头看了他一眼。

他为什么会说这句话?难道他看出我急切想离开这里的原因了吗?

可是这怎么可能?我刚刚明明什么也没有说。

"所以,慕小姐,你不需要这么急着离开。"龙曦低笑着说,"现在已经很晚了,加上又是除夕夜,大概是叫不到出租车的。"

"这不关你的事。"虽然压在心上的一块石头落了地,但我仍然不想和龙曦有什么牵扯。

一直以来,不管发生什么事,我从来都是自己面对。陌生人、家人、亲人、朋友,这些人从不曾朝我伸出过手,哪怕在我最孤单的时候,都是我自己熬过来的。

不过就是扭伤了脚而已,这种小事对我来说,根本无足轻重。

"那么,我给慕伯伯打个电话,告诉一下他你现在的状况吧。"龙曦却并没有遂了我的愿,他不紧不慢地跟在我身后。

我只好再次停下脚步，回头看时，龙曦已经掏出了手机。我从不知道，原来龙曦是这种会多管闲事的人。

"你的好意我心领了，不需要给我爸爸打电话。"我出声阻止他。

"那么，至少让我送你去医院吧。"他握着手机看着我，眼底有着坚持。

看样子，他是和我耗上了。

我有些生气，有些焦躁，也有些无奈："这样不会太麻烦你吗？除夕夜是阖家团圆的日子，现在离跨年就剩下不到一个小时，你不需要回去吗？"

"顺路而已。"他微笑着说。

我只好妥协了："那就麻烦你了。"

我一瘸一拐地上了车，龙曦顺手关上车门，缓缓地将车开出了地下停车场。

街上非常安静。龙曦说得没错，除夕夜，就算是出租车司机也是要回家团聚的，这个时候，在路上根本就拦不到出租车。

龙曦的车内放着一首英文歌。这首歌我也爱听，最近常常拿出来循环播放，是Colbie Caillat（蔻比·凯蕾）的You Got Me（《一见倾心》），女声清澈干净，节奏明快动听。

"我能问你一个问题吗？"我忍不住开口。

龙曦轻轻"嗯"了一声，他并没有看我，专心开着车。

"为什么一定要管我的事？"

如果说从那些不怀好意的绑匪手里救我，那是没办法见死不救，那么坚

持要送我去医院，就显得有些多管闲事了吧。

"因为我不能对一个需要帮助的人视而不见。"他缓缓地说道，"其实，你不必太介意，我没有什么别的企图，只是单纯地觉得，不能把你丢在那里。"

"就这么简单？"我有些意外，没有想到一向矜持冷傲的龙曦也会有这种想法。

他稍稍侧过头看了我一眼，很肯定地说："就这么简单。"

我没有再说话，将视线投向车窗外。

外面还在下着雪，因为来往车辆少，地面慢慢白了一层，烟火仍在绽放，照亮这个寂寥的除夕之夜。

这个时候，爸爸他们一定早就到家了吧。不用亲眼去看，也能想象出现在家里的情形，那一家人，一定在很快乐地享受这个属于一家人的夜晚。

我看着手里握着的手机，没有电话，没有短信，我是个被遗忘在除夕夜的流浪人，心在流浪，身也在流浪。

"今天，谢谢你了。"我盯着窗外，看着渐行渐远的那些风景，轻声对龙曦说道。

"不用谢。"龙曦拐了个弯，将车开进了医院的停车场。

我打开车门走下去，回过头看向龙曦，说道："送到这里就可以了，我可以自己进去找医生，马上就要过零点了，你快回去吧。"

"好。"他轻轻点了点头。

我踮着脚朝医院大门走去，而身后，是车辆发动的声音。

除夕夜的医院里也格外安静，只有值班的护士守着，见我行动不便，她急忙走过来帮我。好在今天留下来值班的医生是骨科医生，他替我将扭错位的脚踝又拧了回去，脚上的疼痛顿时就减轻了，剩下的那股痛意，是肌肉被拉伤的痛，只要休息几天就没事了。

护士带我去了病房，帮我输液，是消炎用的药水，然后吩咐我有事随时叫她，便回了前台。

我躺在病床上，望着窗外纷飞的雪花。看样子明天一早，这雪就能积厚厚一层了吧。

我看得入了迷，直到一阵敲门声将我游走的思绪拉了回来。

推门进来的，居然又是龙曦。

我惊讶地看着他，不明白他为何又出现在这里。

他也并不解释，只是朝我走近，将一个纸袋放在我身边，说道："路边饭店打包的一点吃的，还有，刚刚忘了说了，新年快乐。"

"砰——"

伴随着他的话音响起的，是一朵硕大的烟花在空中炸裂开来的声音。

天空瞬间被照亮，好一会儿之后才重新归于沉寂。但这朵烟花像是某种信号一样，紧随其后，是更多的烟花被点亮，鞭炮声不绝于耳。

我知道，就在他对我说"新年快乐"的那一刹那，时钟的指针刚好越过十二点，新的一年就这么来了。

在绽放的烟花里，在响彻天地的爆炸声里，在柳絮般的飞雪里，新的一年，就这么仓促地来了。

"新年快乐。"我对龙曦说。

心中的某个角落,莫名涌上一股暖意。他从绑匪手里救下我,我没有感动;他多管闲事地要送我来医院,我没有感动……可是在这一瞬间,我却因为他的一句"新年快乐"而感动。

有生以来,第一次有陌生人对我伸出温暖的双手,而我,第一次被一个陌生人感动了。

【三】

走出酒店,满天的烟火混着雪花,将这个除夕夜渲染得多情又冷清。

龙曦回头看了一眼,然后缓步朝自己的车走去。打开车门,车里还残留着一抹属于她的香气,龙曦慢慢闭上眼睛,深吸一口气,然后再缓缓地呼出去。

慕云青似乎很喜欢这款香水,味道很淡,是非常清新的甜香。在龙曦的印象中,慕云青的身上总是带着这样的香气,这可以追溯到龙曦第一次见到慕云青的时候。

龙曦记得非常清楚,他第一次见到慕云青的时候,慕云青还是个五岁的小女孩,不过那时候他自己也才七岁而已。

无论是哪里,上流社会的人物总是热衷于参加各种高端宴会。宴会上,少不得要攀比一番,从女伴的漂亮程度到子女的优秀程度,无论是什么都能拿出来攀比一番。

龙曦当时站在父亲身边,不经意地抬起头,就看到五岁的慕云青依靠在妈妈怀里，脸上是甜甜的笑容。

　　是的，那时候慕云青的母亲还在世，她还是个养在蜜罐里的幸福小姑娘。她笑起来的时候，嘴角有浅浅的酒窝，一双乌溜溜的大眼睛弯成月牙状，那是非常有感染力的笑容，让人看着心情就会明朗起来。

　　再后来，他习惯了在宴会上寻找慕云青的身影，这是属于他一个人的游戏，假装不经意地用眼角的余光寻找她。

　　直到——

　　直到慕云青九岁那一年，母亲去世，龙曦陪着家人去参加葬礼。去的路上他总在想，那个爱笑的小女孩，现在会是什么样的表情呢？她会哭吗？想到她会哭，他就有些在意，一路上总是将视线投向车窗外。他想，如果她在哭的话，他就将自己的手帕借给她。

　　然而慕云青没有哭。龙曦站在人群里，透过一把白色百合花，看着一身黑色纱裙的慕云青。她就那么安静地站在那里，脸上的表情有种超脱年龄的沉稳冷静，就好像曾经紧跟在母亲身旁的蜜糖少女一夜之间就长大了。

　　龙曦的手里一直握着一方帕子，那帕子他握了一路，被他掌心的汗打湿了。他就这么静静看着她，然后将手帕放回了自己的口袋里。

　　很多人在安慰她，但龙曦没有，因为他觉得这种时候，她并不需要这样的安慰。很奇怪，他从未和她说过一句话，甚至每次见她都是在不同的宴会上，都是隔着很远的一段距离，从未有过哪怕一丁点的交集，但他就是知道。

　　他其实并不是很喜欢去参加这些宴会，但一想到能见到她，无论多忙他

也会去。就像今天,父亲的公司出了点事,他一直忙到很晚,但他还是赶过去了。

有时候他也会想,如果她知道自己这么多年以来一直在用这种方式注视着她,会不会觉得厌恶呢?

毕竟她总是独来独往,好像根本不需要朋友。

他也不是没想过和她搭话,但因为错过了最开始认识的时机,再去搭讪就会显得刻意吧!但好在他总算等来了机会,她差点遭人绑架,他顺势救了她,于是他有了和她真正认识的契机。

不再是从人群中不经意地看一眼,而是面对面地交谈。

这感觉真好。龙曦扬起一个笑容,然后发动车子,缓缓地在雪地中驶过。

这个除夕夜,说不定是他的幸运日——不,一定是他的幸运日。

【四】

龙曦走后,我靠在病床上,心里始终有什么堵着。我打开他留下的那个纸袋,里面放了一个打包盒,盒子里装着冒着热气的饺子。

是啊,除夕夜,团圆夜,应该一家人在一起吃饺子。

鼻子猛地一酸,眼眶有些发涨,我深吸一口气,压下这股汹涌而来的泪意。

最后一次一家人坐在一起吃饺子,是在我八岁那年的除夕夜。那时候妈妈还没有病重,除夕的夜晚,温暖且迷幻,绚丽的烟花不停绽放。那天的烟花就和今天一样绚烂。妈妈端着饺子放在我面前，不知是不是回忆美化了记忆，就连不苟言笑的爸爸都是慈爱的。

然而才过了年没多久，妈妈就病重，不得不住院。

妈妈去世之后，爸爸和顾姨结婚，那之后我就没有在除夕夜吃过一次饺子，因为在我心中，没有妈妈在的除夕夜，不是我想要的团圆夜。

每一年的除夕夜，我都会找理由不参加家宴，今年倒是省事了。

我拿起筷子打算吃饺子的时候，手机响了。我拿起来看了一眼，忽闪忽闪的屏幕上，是慕狄的名字。

我连忙放下筷子接起电话。

慕狄的声音传进了耳中："姐，你在哪儿呢？怎么到现在还没回来？"

"我在朋友家，今天暂时不回去了。"我说。

"啊？今天可是除夕夜！"慕狄惊呼一声，"我还给你留了饺子，芹菜馅儿的，你最爱吃的。"

"不用给我留了。"我看着手边放着的饺子，一丝温暖袭上心头，"好了，我有点困，先睡了。"

"嗯，姐，那明天见，另外，新年快乐！"慕狄的声音充满朝气，可以想象得到，他现在一定是一脸灿烂的笑容。

"新年快乐。"我挂掉了电话，将手机放在一旁。

多可笑！在这种时候打电话问我身在何处的，不是爸爸，而是慕狄——慕家唯一一个会关心我死活的人。

想想真是奇怪，我应该讨厌慕狄，就像讨厌顾姨那样讨厌他。可是事实

并非如此，慕狄是整个慕家唯一让我觉得温暖的人。

本来今天的晚宴慕狄也要出席，只是因为忽然发烧，他不得不一个人留在家里。我不想让他知道我今晚的遭遇，所以才对他说了谎。

深吸了一口气，我压下心头涌动的情绪，拿起筷子开始吃饺子。

很巧，这个饺子也是芹菜馅儿的，吃着吃着，眼泪猝不及防地掉落，我抬起手狠狠擦掉。

在这个大雪纷飞的除夕夜，我因为一个陌生人而变得多情，因为慕狄的一通电话而觉得温暖。

这个夜晚，也注定是个无眠之夜。

当第一抹晨光破开黑暗从窗户照进来时，我穿上大衣走出了病房。脚踝已经不那么痛了，虽然走路的时候仍然无法用力。

办好了出院手续，交了医疗费用，我走出医院。

雪已经停了，一夜暴雪，整座城市银装素裹，仿佛堆砌在玉盆中的冰雕一般。医院门口的雪已经被清理掉了，只有花坛里留着厚厚的积雪。我招了一辆出租车，回家去了。

这时我并没有注意到，一辆黑色的保时捷与我乘坐的出租车擦肩而过，而那辆车正是昨天夜里龙曦开的那一辆。

那车一直开到医院，龙曦拎着一只盒子下了车，他走到慕云青住过的病房，推门进去，她已经不在那里了。

他站在原地稍稍有些出神，而他手上的那只盒子里，装着的是一双37码的平底鞋。37码，是慕云青的鞋码。

出租车缓缓停下，我给了钱下了车。到处都是白色，花坛里的花花草草都被雪掩埋了，我踩着满地积雪朝家走。这一片是别墅群，C城一半的有钱人都住在这里。

时间还早，我到家的时候，还没有人起来，保姆放年假回去了。我拿出钥匙开了门，家里安静极了。我在玄关处换了拖鞋，走到客厅的时候，却看到慕狄裹着一张毯子，半躺在沙发上睡着了。

他是在等我吗？

心中不禁浮上这样一丝想法。

我走过去，拍了拍慕狄的肩膀。他一下子就醒了过来，一双明亮的眼眸一动不动地望着我，下一秒他冲我露出了一个灿烂的笑容。

"姐，你回来了啊，新年快乐。"他掀开毯子从沙发上站了起来，拉着我的手臂将我按坐在沙发上，"姐，你等我一会儿。"

"你要做什么？"我不解地问慕狄，他已经跑进了厨房，五分钟后，他端着一碟饺子朝我走来。

"姐，快吃。"慕狄将筷子塞进我的手里，然后在我对面的沙发上坐下，静静地看着我，"过年，果然还是要一起吃饺子才对。"

我夹起一只饺子放进嘴里。正吃着，爸爸穿着睡袍从楼上下来了，见我穿着昨天的衣服，眉头皱起来，眼神明显带着一丝不悦。

"夜不归宿，慕云青，你还有没有点女孩子的自尊自爱！"爸爸怒斥道。

"姐昨晚去朋友家了。"慕狄连忙帮我解释。

"过年都不回家,去什么朋友家?你眼里还有这个家吗?你干脆永远别回来好了!"爸爸冷冷地说道。

我原本极好的心情被爸爸的一句话彻底毁掉了。

我想要说点什么,却被慕狄抢了先:"爸,姐昨天是有事情才没回来的。"

"有事?"爸爸冷冷地瞥了我一眼,"有什么事比一家人在一起过年更重要?"

"爸……"

慕狄还想帮我解释,我抬手拉住了他,因为我知道,慕狄继续说下去,只会引火烧身,我不希望他因为我的缘故被爸爸责备。

"对不起,爸,我下次不会了。"我低下头认了错。我太知道他想要的是什么,从小到大,不管我做了什么,是对还是错,只要他生气了,我说一句"对不起"也就风平浪静了。

"随你。"他丢下两个字,转身走进了盥洗室。

"姐,你为什么不让我说?"慕狄很是愤愤不平,"姐,你昨天真的是去朋友家了吗?"

"是啊,是去朋友家了。"我点了点头,继续吃慕狄给我热的水饺。

"姐,你不需要骗我的。"慕狄低声说,"能在除夕夜收留你的朋友,你从来都没有遇到过吧?"

心脏轻轻收缩了一下,我握着筷子的手僵在半空。

"你是和爸妈一起去参加晚宴的,爸妈回来了,你却说你去朋友家了。"慕狄抬起头来看着我,眼底有一抹忧悒,"姐,你说谎了吧?"

他知道我在说谎,知道我没有那种亲密的朋友,所以在沙发上等了我一夜吗?

心脏有些发紧,我压下涌上眼底的泪意,不想在慕狄面前露出那种脆弱的表情。这个已然长成大男孩的少年,他同小时候一样,一眼就看穿了我的伪装,看穿了我的虚张声势。

他是我重视的弟弟,不管他是不是爸爸外遇生下的孩子,他都是我很重视的弟弟啊!

"我不小心扭伤了脚。"我解释道,"我去了医院,因为太晚了,所以就住了一夜。"

我不想告诉慕狄,我差点被绑架的事,如果可以,我希望那件事成为只有我和龙曦知道的秘密。

"脚没事了吧?"慕狄的注意力转到了我的脚上。

我抬起脚给他看了一眼:"已经没事了,还有一点疼,过几天就好了。"

慕狄听我这么说,便松了一口气。他陪我吃完了饺子,这才抱着毯子上楼继续补觉去了,看样子他一夜都没有睡好。

"姐,下次再有什么事,你其实可以和我说的。你不需要骗我,我和爸妈不一样的。在我心里,你是我姐,永远都是。"他走到一半,停下脚步回头看着我。

我沉默着没有说话。慕狄说完就上了楼,我独自在沙发上坐了很久。

在外人,甚至是慕狄看来,我都没有太过在意这个弟弟,可其实不是这样的,我只是让别人这么认为罢了。

事实证明,我伪装得很好,连爸爸都相信了。

我回到房间,将衣服换下。礼服裙上的酒渍还在,看样子,只有等到干洗店开门,拿去干洗了。

只是虽然酒渍总有办法清理,但欠下的人情不是那么好还的。

静下来之后,我不得不思考一个问题。

那就是我要怎样感谢龙曦。

雪花纷飞的除夕夜,那个叫龙曦的人,他曾温暖过我的心。他救我于危难间,又在我最孤单的时候,让我觉得这场雪并没有那么寒冷。

第二章
Chapter 02
背 道 而 驰 的 交 叉 线

我用尽全力向你飞奔而去，期待一场与你的相遇，到最后，却发现不过是短暂交集后，越来越远的背道而驰。

【一】

C城的元宵节总是热闹无比。

这种节日最适合举办各种晚宴。上流社会的名流们，是不会放过任何一个聚会的机会的，于是春寒料峭中，开年的第一次晚宴就这么来了。

我还不曾想好要怎么感谢龙曦，就不得不换上新的礼服，和爸爸一起出席这场元宵宴会。

"姐，你好了吗？"慕狄的声音从门外传来。

我理了一下耳边的头发，拿起手包和大衣从更衣室里走出来。

慕狄站在外面，穿着一套和我的晚礼服很搭的礼服。十六岁的少年，穿上笔挺的礼服，给人一种俊秀英气的美感。这让本就非常帅气的慕狄，多了一份优雅矜贵。

"走吧。"他的笑容异常灿烂，小太阳似的，将空气中的严寒都驱散了。

"嗯。"我点了点头，和他一起下了楼。

楼下是已经准备好的爸爸。顾姨今天要去参加另一场贵妇人之间的聚会，所以这次元宵晚宴，由我和慕狄陪爸爸去。

爸爸看了我和慕狄一眼，似乎对我们身上的礼服非常满意，极为难得地露出了笑脸。

"小狄也长大了啊！"爸爸眼底有一丝欣慰，"今天小狄就跟着我。"

"好的，爸爸。"慕狄的身体有一瞬间的僵硬，若非我就站在他身边，大概连我都会错过他这一瞬间的变化。

"云青，你舒伯伯前几天还和我说，他挺喜欢你的，你不要总是一个人冷着张脸，年轻人要多交朋友，不要搞得跟个老太婆似的，暮气沉沉。"爸爸说完，转身就朝外走去。

我和慕狄跟了上去，一路上没有人说话，因为爸爸喜欢安静。

眼角的余光能够看到慕狄的侧脸，他安静的时候，总给人一种倔强的感觉。爸爸的话，果然还是让他很在意！

若不是知道反驳了爸爸会让他不高兴，慕狄一定不会答应爸爸的要求。

在慕家，大概只有我一个人知道，慕狄的兴趣并不是继承爸爸的公司。他喜欢画画，这可以追溯到九岁那一年，我第一次在慕家见到慕狄的时候。那时慕狄五岁，中午休息的时候，他蹲在地上，拿着一根树枝在地上划着。

"这是姐姐。"他抬起头来，笑着对坐在一旁看书的我说。

我不屑地扫了一眼，然后愣住了。那一瞬间，我听到了什么东西在心里碎裂的声音。

岁月终将各自美丽

五岁的孩子,画画自然是歪歪扭扭的,那弯弯曲曲的线条,组成了一个小女孩,小女孩蹲在地上,她在哭。

那么小的慕狄,明明是第一次见面,却轻而易举地看穿了我的伪装。那时候的我,心里的确住着一个哭泣的小女孩。

"等长大了,我会画更好看的姐姐的。"他笑得很甜很灿烂,眼神干净极了,似乎心中永远生不出一丁点黑暗。

他和我不一样,我从一开始就知道。

时间走得还真快,不知不觉已经过去十一年,曾经五岁的小男孩,已然长成了眉目英俊的十六岁少年,只有那颗水晶般的心和干净的眼眸,仍然没有改变。

这些年来,他一直在画画,甚至有的画被杂志选为插图和封面。他的梦想是成为国内顶尖画家。我明白他的梦想,所以我知道他现在的心情一定是悲伤和无奈的。

爸爸说的那句话,是在告诉他,他已经长到足够大,可以慢慢接触公司的事了。

在慕家,爸爸的话就是圣旨,就算是顾姨,也不能反对。

车缓缓地停下。

今天的元宵晚宴是在希尔顿顶楼的旋转宴会厅里举行的,整个宴会厅的墙壁都是用特殊的玻璃建成的。元宵节的烟花会比除夕之夜的更绚烂,而这样的玻璃房,最适合用来看烟花了。

"姐,我听说舒伯伯家的那个哥哥,人品不太好。"进电梯的时候,慕狄趁着爸爸和别人说话，凑近我耳边悄悄对我说。

"我知道。"我低声答道，"你不用管我，你好好陪爸爸就是了。"

"嗯，姐，要是有人欺负你，你就喊我，我会保护你的。"慕狄说着，偷偷挥了挥拳头，冲我做了个鬼脸。

我被他逗笑了，忍不住扬起了嘴角。

将大衣递给服务生，我和慕狄跟在爸爸身后走进了宴会厅。现在天还没有黑，西边绚烂的晚霞映照在玻璃墙上，整个世界如同童话一般，显得有些不真实。

爸爸带着慕狄和人打招呼寒暄去了，我站在一边，静静地看着映照在玻璃上的晚霞，脑海中不由得想起了龙曦。

今天的晚宴，龙曦会来吗？如果来了，我要和他说些什么呢？他帮了我，我又要用什么样的方式表达谢意比较好？

这么想着，心中渐渐有些烦躁起来。这还是第一次，我会在意一个陌生人，在意他会不会来，来了会让我不知所措，不来又会让我觉得怅然若失。

我收回视线，随意地朝边上看去，这时，一个穿着纯白色礼服的男生映入了我的眼帘。

黄昏的霞光笼罩着他，他的领口别了一朵蓝色妖姬。他出现得毫无预兆，在我还在纠结要怎么办才好时，让我纠结的人，就这么极其突然地出现了。

我连忙偏过头去，心跳隐隐有些失控，甚至连呼吸都有些乱了。

也是啊，这种宴会，龙曦又怎么可能不来呢？元宵晚宴，其实某种意义

第二章 Chapter 02 背道而驰的交叉线

上，是专门为了我们这些小一辈的人举办的，目的不言而喻，自然是为了联谊。

来之前，爸爸特意提起舒伯伯，就是让我知道，我今天晚上要重点去认识舒伯伯家的儿子。对于爸爸来说，一切有利于慕氏集团的事，他都会去做。我的婚姻，只能为慕氏集团服务。

我有些心烦意乱，胸腔里压着一团怒气，这让我很想找个人吵架。然而我不能，我必须保持冷静从容。我是慕家的大小姐，我的一举一动，都代表着慕家。一旦我做出什么出格的举动，不需要别人置喙，爸爸一定不会让我好过。

"是慕小姐吧？"一个穿着深蓝礼服的年轻男人朝我走了过来，他的脸很陌生，我确定自己以前不曾见过。

他走到我面前站定，一脸的笑容。很奇怪，他的笑容让人有种不寒而栗的感觉，我不喜欢这种阴沉的笑。

"我是舒明朗。"他朝我递过来一只手，"听父亲提起过你，今天一见，慕小姐果然是大方得体、楚楚动人。"

"你好。"我伸手与他相握，他却握着我的手不肯松，我用力挣扎了一下，他这才松了手。

"抱歉。"舒明朗连忙说。

"没关系。"我移开视线，恰好看到跟在爸爸身边的慕狄正朝我这里看过来。

"我一直在国外，如果知道C城有慕小姐这样的大美女，我一定会早点回来的。"舒明朗有些惋惜地说道。

"现在认识也不算晚。"我不想和舒明朗多话。只是短暂的接触，我就看清舒明朗这个人了，就如同慕狄说的那样，这位舒大少太轻浮，人品自然好不到哪里去。

"哟，这不是慕大小姐吗？"一个略带调侃的声音传入我的耳中，是向来喜欢挖苦我的谢安昀。

他打量了舒明朗一下，然后将视线停在了我的脸上："啧啧，今天的慕大小姐竟然有伴。我当是谁，原来是舒少。"

"好久不见了，谢少。"舒明朗笑眯了一双细长的丹凤眼。

"是好久不见了，我算算，得有七八年了吧。"谢安昀似笑非笑地说道，"舒少回C城都不通知我们一声，是不拿我们当朋友吗？"

"你们慢聊，我失陪了。"我没有兴趣听他们寒暄，客气地说道，然后转身离开。

我本就不想继续和舒明朗交谈下去，恰好谢安昀无意间给我解了围，我便赶紧趁机脱身。

此时，外面的天空已经彻底暗了下去，室内的灯都被打开了。站在顶楼往下看，整个C城尽收眼底。流动的灯光像水银似的，将这座城市渲染得璀璨且多情。

我在原地站了一会儿，谢安昀跟了过来。

"慕大小姐，这就不够意思了吧？"他冷哼了一声，"我刚刚怎么说都给你解了围，你一句谢谢都没有吗？"

"我不记得自己开过口求你帮我解围。"因为心情不太好,所以面对谢安昀,我的语气有些冲。

"哦?这么说,慕大小姐是想和舒少深入了解吗?"谢安昀嗤笑道,"原来慕大小姐喜欢那种类型的啊!这么说,是我多事了,需要我帮你把舒少喊回来吗?舒少好像对慕大小姐你非常感兴趣啊!"

"我喜欢什么类型的,和你没关系吧?"我并不认为谢安昀是好心帮我解围,因为他平常见到我,没有哪一次是心平气和的,他总是在挖苦我、嘲弄我。我真想问问他,我到底是哪里得罪过他。

"我还有事,失陪了。"我无意和他多说。C城的千金小姐们,见不得我和谢安昀多聊,上次送洗的礼服还没有取回来呢。

谢安昀没有跟上来。我走到角落的沙发上坐下。虽然穿惯了高跟鞋,但是站久了,脚还是会痛的。

我坐了没多久,爸爸带着慕狄朝我这边走来了。跟在爸爸身边、和爸爸亲切交谈的,是舒伯伯,舒明朗就跟在舒伯伯身后。

我心中越发烦躁,果然在爸爸的眼里,能不能给他带来利益是最重要的,舒明朗那样的人,他都乐意推给我。

然而就算心里焦躁不已,我脸上还是必须挂上笑容,这是身为慕家大小姐必须有的修养。

"舒伯伯好。"我从沙发上站起来,面带微笑地对舒伯伯打招呼。

最近爸爸想和舒家合作,C城有一块地爸爸很想拿到手。慕氏集团这样的房产大鳄,对于有价值的地段是势在必得的,恰好那个地段的所有权属于舒氏集团，所以这段时间他和舒伯伯走得很近。

"明朗啊，你看看云青，多懂事。"舒伯伯将舒明朗从后面拉到前面来，笑道，"云青啊，明朗刚刚从国外回来，对国内很多事情都不熟悉，如果有做得不好的地方，你多担待，或者你来告诉舒伯伯，舒伯伯替你教训他。"

"舒伯伯，您太客气了。"我连忙说。

"好了，就让他们年轻人自己聊，我们这些老骨头就不掺和了。"说着，爸爸和舒伯伯一同转身离开了，他走之前还带走了慕狄。

慕狄很想留下来，无奈他没有办法反抗爸爸的决定。

角落里只剩下我和舒明朗两个人，我坐回沙发上，舒明朗在我对面的沙发上坐下。

和舒明朗有一搭没一搭地聊着，我很想离开，然而舒明朗的脚伸着，有意无意地挡住了我的去路。

"我听慕伯伯说，云青在C大专攻管理专业是吗？"舒明朗手里摆弄着一只高脚杯，里面的红酒贴着杯壁流动着。

"是的，舒少。"我点了点头，应了一声。

"云青可以喊我明朗，喊舒少太见外了。"舒明朗稍稍往前靠了一些，嘴角的笑容多了一丝意味深长，"毕竟我们是有可能在一起的，不是吗？"

"那只是我爸爸的意思，并不是我的想法。"我往边上移开了一些。

然而舒明朗忽然弓着腰靠了过来，他一手撑在我身侧，阻止我躲闪。

"那云青，你是怎么想的呢？"他低声在我耳边说。

"舒少,我去下洗手间。"我伸手推开他,但我才站起,又被他按了回去,我顿时就恼了,"舒少,你是什么意思?"

"我还想问问慕小姐你是什么意思呢!"舒明朗收起了笑容,眼底有一抹讥讽之色,"反正你爸爸和我爸爸已经谈妥了,我不相信你不知道你爸爸的意思。"

"我不明白你在说什么!舒少,请你放尊重一点!"我冷声低喝。

"你不明白?"他伸手从口袋里拿出一张房卡塞进我的手里,"现在,明白了吗?"

我彻底愤怒了。我正要将那房卡摔到他脸上,就看到有人抓住了舒明朗撑在我身侧的那只手。我错愕地抬起头,有些暗淡的灯光下,是一身白衣的龙曦。他口袋里插着的蓝色妖姬,仍然娇艳欲滴。

"你是……龙曦?"舒明朗被人打断了,非常不悦地看向龙曦,"没看到我正和慕小姐聊天吗?"

"是吗?"龙曦淡淡地看着舒明朗,松开舒明朗的手,不急不慢地用帕子擦了擦手,"那真是很抱歉,打扰了。我有点事找慕小姐,不知道慕小姐现在有时间吗?"

"有啊!"我从沙发上站起来,将房卡丢回沙发上,对舒明朗说道,"舒少,你的东西,请收好。"

我懒得再和他多说一句话,径直往外走去。

很多人的目光落在我的身上,有不屑,有鄙夷,有嘲笑,当然还有幸灾乐祸,但是当我抬头看过去的时候,他们又全都别过头去,假装自己只是在随意地看窗外的风景。

我一路走出了宴会厅，龙曦跟着我走了出来。

"刚刚……谢谢你。"我低声道谢。

"举手之劳而已，不需要说谢谢。"龙曦笑着回答。

我想要说点什么，可是一时之间，却不知道应该说什么。就在这时，眼前忽然一亮，入夜之后的第一朵烟花炸开了，映照在玻璃墙上，美丽极了。

脑海中蓦地浮现出了除夕夜的那场烟花，当时是在医院的病房里，他对我说了一声"新年快乐"。

真奇妙，两次交谈，都是在烟花满天的时候。

"龙曦。"我情不自禁地低声喊了一句。烟花的声音很大，我以为他不会听见。

然而他偏过头来望向我，精致如画的眉眼似笑非笑："嗯？"

"谢谢你。"我说。

"嗯。"他轻声应道。

【二】

回去的路上，爸爸的脸色不太好，慕狄眼底有一丝担忧。我心中猜测，会不会是舒明朗恶人先告状，对爸爸说了什么。

不过不管他对爸爸说了什么，我都绝对不会去搭理那种刚见面就动手动脚、话没说几句就拿出房卡的人的。

到家之后，司机将车停好，爸爸下车前沉声对我说："云青，一会儿到

书房来一下。"

不等我回答,他就下车走了。

"姐,我听到舒伯伯跟爸爸抱怨,说你太清高了。"慕狄提醒我,"爸爸对舒家手里的那块地势在必得,我怕……"

"没事的。"我打断慕狄的话,"我不会让那种事发生的。"

我换下高跟鞋,稍作休息之后,泡了杯咖啡端上了楼。爸爸在书房里,正和他的助理打电话。我将咖啡放在他面前,自己找了本书在椅子上坐下来看,等他讲完电话。

好在爸爸的电话并没有讲很久,我一页书还没看完,他就挂了电话。

"我需要一个解释。"他冷冷地看着我,那并不是一个父亲看女儿的眼神,因为我从中看不到丁点的慈爱。

"我没有什么好解释的,我只是觉得慕氏集团还没有沦落到要靠联姻才能生存下去的地步。"我看着爸爸的眼睛。这一次我没有退让,因为有些底线是必须坚守的,否则用不了几天,C城的报纸上就会登出慕氏集团和舒家联姻的消息了。

"你懂什么?你以为生意是这么好做的?"爸爸冷笑着说,"云青,你要知道自己的价值,也要守好你的本分。"

"爸爸!"我忍不住喊他,"在你眼里,我是什么呢?"

他愣了一下。

我接着往下说:"虽然我知道,生在我们这种家庭的孩子,婚姻都是自己无法做主的,但爸爸,你确定要我和那种一见面就拿出房卡的人交往吗？"我紧紧盯着他的眼睛，"你真的确定吗？"

"他在你面前拿出房卡，要和你一起去……"爸爸皱起了眉，眼底有一丝不悦。

我没有接他的话，有那么一瞬间，我甚至觉得怎么样都不重要了，我和他说这些，到底有什么用呢？

没有用的，他是个生意人，在他的眼中，只有慕氏集团，只有将来要继承慕氏集团的慕狄。而我，不过是他用来增强慕氏集团实力的筹码而已，所以他让我守好自己的本分。

多么可笑，这就是我慕云青的父亲，这就是与我血脉相连的亲人。

"如果爸爸觉得我需要去道歉，我会去的。"我看着他的眼睛，缓缓地说，"这么说，你满意了吗？"

"你这说的什么话！"他有些恼怒，"我生你养你，养出仇了吗？"

"没有，我很感激。"我笑了笑，说道，"感激你没有让我流落街头，感激你还让我住在这个家里。你放心好了，我会守本分，知道自己什么该做，什么不该做。"

"慕云青！"爸爸低吼一声，他是彻底生气了。

"爸爸，你不要生气。"我从椅子上站起来，说道，"我是真的对你心怀感激。"

说完，我没有再看他，直接走出了书房。我关上门的时候，听到了"哐当"一声响，大概是他气得摔东西了吧。

"姐，你没事吧？"慕狄一直守在门外，看到我出来，急忙走了过来。

"我没事。"我朝他微微笑了笑。

"我去和爸爸解释一下吧。"

慕狄说着就要上前,我一把拽住了他,冲他摇了摇头:"我说了,没事的,这和你没关系,你不要插手。"

"那好吧。"慕狄见我态度坚决,便没有继续往下说。

第二天一大早,慕秋就跑来找我,我正好刚吃完早餐,打算洗一下碗筷。

慕狄跑过来就问:"姐,你现在有时间吗?"

"你要做什么?"我反问他。

他笑着将我拽进了他的画室。画室里放了好多画架,有些画已经画完,有些才画到一半。这间画室,是慕狄十岁生日的时候,爸爸送给他的生日礼物。这间屋子原本是花房,现在被收拾成画室再合适不过了。

"姐,你坐在这里。"他将我按在靠窗的一张木质靠背椅上坐下,"我要画一幅肖像画,正好请姐你当我的模特。"

我人已经被他抓到了这里,不答应也得答应了。

我望向窗外。这个时节,到处都是一派萧索景象,只有离窗户最近的一棵桃树上面结了花苞。看到这棵桃树,我的心情变得异常柔软。

这棵树是妈妈种下的,我记得特别清楚,那是我四岁时的事情了。

那天是妈妈的生日,爸爸却没有回来,妈妈带着我一起种下这棵树。当时她的表情很奇怪,像是想哭又像是想笑。如今想来,那时候的妈妈一定很难过吧!因为后来我才知道,那一天是慕狄出生的日子,爸爸没有回来,是因为他在医院陪着顾姨。那时候的妈妈，是用什么样的心情种下这棵桃树的呢？

就算是长大了的我，也无法完全明白，只是一想到这些，心口就酸胀得厉害。

画室里很安静，我能听见轻盈的风声还有慕狄的画笔从画纸上划过的声音。慕狄没有说话，我也没有。

一天的时间就这么过去了，从画室走出来的时候，慕狄的画已经画好三分之一了。

吃晚饭的时候，爸爸并不在，只有我和顾姨还有慕狄一起吃饭。

"小狄，明天开学了吧？"顾姨问了一声。

"是啊，明天开学。"慕狄现在念高二，在C城最好的高中，因为离家不远，所以每天早晚都由司机接送。

"云青呢？"顾姨回过头来问我。

"我也是明天。"我答道。

我比慕狄大四岁，现在已经是大二学生。C大离家有点远，我每天早晚都是自己开车过去。我回了**房间，找出明天去学校要穿**的衣服，刚要休息，敲门声就响了起来。

我打开门，门外站着的是爸爸，他看上去有些疲惫，身上还穿着大衣。

"爸爸，有事吗？"我站在房门口，淡淡地问。

他眼底闪过一丝复杂的光，不过这　次极为难得的是，他竟然没有生气。

"舒家那边,我已经说清楚了,你舒伯伯让我跟你说声抱歉,是明朗做得不对。你不愿意,我不会再提这件事的。"

我愣住了,没有想到,他特地来找我,竟然是为了和我说这个。

"大学课程不紧,就到公司来帮忙吧。"他转身往前走了两步,"如果你能证明你的价值,那么就做给我看。但是你要记住一点,慕云青,你要记住自己的本分。"

我站在门口,目送着他离开,好一会儿回不过神来。

难道我那天的话,爸爸听进去了?他这么疲惫,是因为要处理和舒家之间的事吗?

我将门关上,靠在冰冷的门扉上,心中泛起了淡淡的涟漪。

【三】

C大坐落在C城的东南角,离市中心大概有三十分钟的车程,我将车停好之后,拎起双肩包走进了校园。

现在已经过了正月,空气里多了春的暖意,料峭的寒风被驱散,满园的新绿和花红,到处生机勃勃。这是最好的季节,也是最美丽的季节。

C大种了很多樱花树,这时节早樱都开了,如云如雾,让人从树下经过的时候,都会想要走慢一点,再慢一点。

我再一次遇见龙曦,正是在这条樱花大道上。我从来不知道原来我们的学校这么小,小到这么轻易地就能让我遇见龙曦。

龙曦和谢安昀同龄,他们都高我两届,现在已经是大四的毕业生。很奇怪，从大一入学到现在，这还是我第一次在学校里遇见龙曦，当然这是因为我们年级不同、科系不同造成的。现在想来，我和龙曦唯一能遇见的地方，就是各种各样的宴会。除夕夜的那次偶然的交集，使得我开始在意他。

是不是因为开始在意，所以才会在学校里遇见？或许也曾遇见过，只是因为我不关心陌生人，所以就算遇见了，也全部无视掉了？

龙曦是从对面走来的，他手上拿着两本书，大概是上午的课程已经结束了。我今天上午一、二两节课没课，现在是去上三、四节课的。在我意识到龙曦的存在时，他也看到了我。

在我们就要彼此擦肩而过的时候，我停下了脚步，抬起头来时发现，龙曦停在了我面前离我一步远的地方。

"早上好啊！"我微微笑着，冲他打了个招呼。

"早上好。"他轻轻点了一下头。

"龙曦。"我想了想，还是决定直截了当地说出口，"我想了好久，但我想不到应该怎样表达我对你的谢意。以后，如果你有什么我能帮得上忙的地方，尽管跟我开口。"

龙曦有些意外，显然他并没有料到我会说这些。

对他说这些，并非我心血来潮，从除夕之夜他帮助了我之后，我就一直在想怎样感谢他才好，我向来不喜欢欠别人的人情。只是还没等我想出个所以然，在元宵节那天，他又帮了我一次。这让我更加过意不去了，心里也越发在意起他来。

这种感觉很陌生，也让我有些不知所措。

这样的情绪这段时间都如影随形,我想,既然逃避不了,那就只有去好好面对了。

"难道你一直在想这件事?"龙曦的声音里隐隐带了一丝笑意,"所以,你才不喜欢别人多管闲事啊!"

"是,我不喜欢欠别人的人情。"

这世上,唯有人情最难偿还,尤其是对方什么都不缺,想要去感谢都无从谢起的时候。

龙家和慕氏集团不一样,慕氏集团专注于发展房地产,龙家涉及的领域却广泛多了,也因为这样,龙家的财富在C城无人可与之匹敌,就算如日中天的谢家都不能与之相比。

龙曦作为龙家的独子,他的人情轻易是不能欠的,因为欠了,根本无从还起。

"其实,你不必在意的。"他低声说,"不是说过谢谢了吗?"

"我不觉得一声无关痛痒的谢谢就能够还清那些人情债。"

这就和说"对不起"一个道理,如果说对不起有用的话,要警察做什么呢?

"那你打算怎么还呢?"

他问这句话的时候,一阵微风拂过,粉樱纷纷扬扬地晃动着,轻灵地自树梢掉落,花瓣落在他的头发上、肩膀上,以及他怀里抱着的书本上。

我并非第一次见龙曦,在我们还很小的时候,就一起去参加过很多次宴会,尽管不曾交谈,但早已知道彼此的存在。

但这是第一次，我觉得眼前的龙曦俊秀出尘得如同一树玉兰花，开在微冷的风里，略微带着一些早春的凉意。

我看得出了神，时间仿佛在这一秒被按了暂停键。

"龙曦。"

一个声音将我的思绪拉了回来，那是一个短发女生。她戴着一副眼镜，看上去就是那种很努力念书的人。龙曦的表情因为这个女生的到来变得柔和了几分，看得出来，他和这个女生的关系一定很好。

那个女生看了我一眼，冲我微微点了一下头，然后重新将视线移向龙曦："原来你在这里啊！正好，系主任让我们去一趟，应该是为了奖学金的事。要一起去吗？"

"好。"他看向我，对我说了一声，"那我先走了，有机会我们再继续刚刚的话题。"

"好。"我站在原地，目送着龙曦和那个女生并肩离去。

樱花真美，并肩而行的两个人，被樱花衬得多了一丝旖旎的暧昧。

我心里稍稍有些在意，那个女生是谁？

印象里，龙曦是不苟言笑的，他总是一副疏冷矜贵的模样，想不到，他也会对着女生露出那种柔和的表情。

那个女生，是他的女朋友吗？

说不清为什么，我心里有些怅然若失，有些着急，那里仿佛藏着什么，在偷偷地膨胀……

我拎着书包继续往前走，这一天的课我都听得心不在焉。

上午的课程结束之后，我驱车前往慕氏集团。从那天晚上，爸爸和我说了那些话之后，我就去公司报到了。爸爸和人事部的人说过了，我在策划部挂职。除了上课的时间，我就在公司帮忙。

一个月来，我将公司上下都摸熟了，每个部门的人几乎都认识了。

坐在靠背椅上，我手中下意识地转动着一支笔，电脑屏幕上是一张构想图，图上绘着樱花，我慢慢地就出了神。

有一种陌生的情绪笼上心头，龙曦的脸浮现在眼前，看来我比想象中的要更加在意龙曦。我自嘲地一笑，也很难不在意吧！那是龙曦啊，是整个C城的名媛千金最想嫁的人。

我已经不是十六七岁的小姑娘，如果说之前还意识不到自己的心意，那么在看到那个和龙曦走得很近的女生之后，心中浮上来的那些情绪，让我怎么可能还不清楚自己在想些什么呢？

也许是在他从绑匪手里救下我的时候，也许是他递给我一盒水饺对我说"新年快乐"的时候，又或者是他将舒明朗从我身边拉开、我们一起看着满天绚烂的烟花的时候，我的心底就对他生出了好感。用最通俗的话来说，那就是我可能爱上龙曦了。

像龙曦那样的人，真的太容易蛊惑别人的心了。

我心里很乱，索性合上笔记本，将手里的笔放回笔筒，将写字台收拾了一下，抓起车钥匙走出了办公室。我现在的状态根本没有办法工作，继续在办公室待下去只是浪费时间而已。

【四】

世界有时候很小，有时候又太大，即便同处一个校园，接下来的日子里我也没有再见到龙曦。时间过得飞快，学校的课程并不是很多，因此大部分时间我都留在公司，在完成策划部工作的同时，我也细心留意起管理层的一举一动。

大概是我的行为太过明显，两周后，便有一些股东借着各种理由私下来见我，不动声色地试探我的口风。我知道，他们大概是误以为爸爸有意将公司传给我，让我来做接班人，他们是来巴结慕氏集团未来的主人的。我并不解释，只是客套地应对着他们。

我当然不想做慕氏集团的主人，如果可以，谁愿意每天只做那种"想破头一心只为赚钱"的无聊透顶的事？但如果是为了小狄，是为了换小狄自由，让他可以尽情去做自己喜欢做的事，我便心甘情愿变成像爸爸一样无情又乏味的商人，哪怕只能换得小狄五年或者十年的自由，那也值了吧！将来，在小狄追寻梦想的时候，我会为他和爸爸撑起整个公司，这样，他就可以毫无顾忌地去做自己想做的事了吧！

我一直以为，事情会朝着我预想的方向发展。然而，那个下午发生那件事后，我才知道，我想得太简单了。

那是个阳光明媚的午后，我按爸爸的要求，在两点三十五分驱车到达C城的商展中心。三点钟，这里将会举行C城一年一度的商业峰会，城中数得上名号的公司都会派代表参加。我在公司的资历尚浅，爸爸这次带我来，纯粹

是"假公济私"。因此,为了避人耳目,我故意将车停在商展中心偏门的侧面,但不想,准备下车的时候,还是碰见了熟人。

"慕小姐。"有人为我拉开了车门,是公司的一个小股东,我记得他姓陈。

"陈伯,你好。"我礼貌地向他问好。

他向我点头,正要说什么,目光就越过我的肩头落在了不远处。我回头,看见爸爸站在不远处望着我。

"哎呀,原来慕董事长早就到了。大小姐,我过去跟董事长打个招呼。"陈伯不等我回答,就匆匆离开。

我站在原地,看着他向爸爸问好,然后离开。

直到陈伯走远了,我才理理衣服,打起精神来,自信地走向爸爸。那一瞬间,我才蓦然发觉,过去的这些天,我在公司里那么拼命,其实不过是想得到爸爸的认可,哪怕只是一个赞赏的眼神。爸爸他看见我的努力了吗?

"爸……"

后来,我已经记不起事情是如何发生的,我只记得,那个"爸"字话音未落,爸爸的右掌就落在了我的脸颊上,然后就是火辣辣的疼。

我愣在原地,几乎失去了思考的能力。我不知道自己做错了什么,我也不知道,前一刻还对陈伯笑脸相迎的爸爸,为什么此刻会用一种冷漠得令人心生寒意的眼神看着我。

然后,我听见他说:"慕大小姐?听说公司的人包括很多股东在背后都这样叫你?慕云青,不是自己的东西就不要去妄想!你是不是以为我让你来公司，就表示我认同你将来会成为公司的接班人？"

"我没有……"我捂着脸，那里像火烧一样痛，但更痛的是心，爸爸竟然是这样想我的。

"没有？"爸爸冷冷地看着我，失望地说道，"慕云青，如果你没有搞小动作，为什么那么多股东会私下去见你？他们是去巴结未来的主子。你对这一点也心知肚明吧？小小年纪，就如此有心机，学会了笼络人心，真不愧是我慕长天的女儿！"

"原来……原来，你派了人在公司里……"我紧紧咬着唇不让自己的眼泪掉下来。爸爸竟然派人监视着我的一举一动，原来他竟如此不信任我！

"我如果不在你身边安插人，大概过不了多久，你就会抢了本该属于小狄的一切吧？我原来以为，你不过是性子沉静了一点，却没想到你是如此有城府的孩子！将来，你是不是还要赶走我和你顾姨？我知道，因为你妈妈，你一直恨我和你顾姨，但小狄是无辜的，亏那孩子还对你那么好，你竟然将主意打到了他的头上！"

我一动不动地呆立在原地，任由爸爸的话像锋利的匕首一样一下一下戳进我的心里，让我疼到麻木。

已经没有解释的必要了吧？他那样不信任我，再解释也只是徒劳。可是，心里真的委屈极了啊！

那些无处宣泄的委屈，像是棉花一样堵在我的嗓子眼里。我努力地动了动嘴唇，最后说出口的也不过是一句在爸爸听来无比苍白的辩驳："我没有……我从来没有想过要抢慕氏集团……"

"你不用说了!"爸爸打断我,"峰会你不用参加了,回去闭门思过,公司暂时也不要去了。"爸爸愤怒地离开,不肯再多听我说一句。

我立在原地,看着爸爸离开的背影,无声又自嘲地笑了。慕云青,从一开始就是你自己奢望得太多了吧?

希望得到爸爸的认同,希望被所爱的人理解,可是,这个世界往往是需要独自去面对的。所以,不被认同,不被理解,也没有关系,只要坚定地去做你认为对的事,就行了。

我笑了笑,转身,准备离开,然后,我就看见了龙曦和谢安昀,他们站在离我几米远的地方,默然看着我。

我下意识地伸手摸摸右脸颊,那里一片灼痛。他们来多久了?都看见爸爸挥手打我的那一幕了吗?

我犹豫着要不要走过去,我脸上的掌印应该很明显,而我不想让他们看见。

然而,下一秒,我就知道,他们都看见了。因为,我看见谢安昀脸上挤出一个十分夸张的笑容朝我走来。从小到大,每一次,他要掩饰什么的时候,总是这样不自然。

明白这一点之后,我的目光下意识地移向谢安昀身后的龙曦,才发现,他也正望着我。他俊朗坚毅的脸上没有任何表情,目光交接的那一瞬间,他似乎轻轻蹙了一下眉。

不知道为什么,那一瞬间,我的内心涌起了小小的恐慌。他会像爸爸一样认为我有意争夺公司吗?他会不会也以为我是那种心机很深、很有城府的不堪的人？

那些解释的话，明明连向爸爸都不愿提起，这一刻，我却突然意识到，我竟然不想让龙曦误解我，我甚至想向他解释那些与他毫无关系的事。

可是，我似乎连那样的机会都没有，因为他只是站在远处，朝我的方向看了一眼，然后转身大步离开，就好像他没有看见我一样。

彼时，阳光很烈，照得人睁不开眼睛，我却觉得好像整个世界都灰暗了下来。

"慕大小姐。"谢安昀走到我面前，俯身看我，"人人都说慕大小姐已经修炼到刀枪不入的境地了，我看好像还差那么一点点火候嘛。"

"如果想笑我，就尽管笑好了，不用这么拐弯抹角。"我抬起头来，将右脸对着他，毫不掩饰脸上的掌印。

"笑你？"谢安昀看看我，眨眨眼睛说道，"这世上最没资格笑你的人就是我吧。"

我不理他，朝自己的车走过去。

他跟在我身旁絮絮叨叨地说着："你忘了，咱们这帮孩子里，被打得最多的就是我了。像我们这样的人，谁不是人前风光，人后被老爹揍得亲妈都不认识啊？这年头，富二代哪有那么好当的？你要是从小不被打，你都不好意思跟人说你是富二代，对吧？"

阳光炽烈，令人隐隐焦躁，不知道是因为谢安昀太啰唆，还是他的"安慰"太蹩脚，又或者只是因为龙曦的默然离开，我心中突然涌起一股无名火。

我停下来，看着谢安昀，一字一句地说："谢安昀，你听着，我跟你不一样。你被揍是因为你做错事，而我，从来没有做错过。所以，我跟你不一样，不要拿你的标准来衡量我。还有，我跟你不熟，不要用'咱们'来表示我和你。"

说完，我大步离开，并不想知道谢安昀脸上是怎样的表情。

很多时候，别人怎么看你、怎样想你，又有什么关系呢？爸爸不认同我，龙曦不理解我，那也没有关系吧？

我抬头，阳光太刺眼，让我仿佛下一秒就要掉下眼泪来……

没关系吗？真的没关系吗？

也许，有关系的吧，只是我自己不愿意承认而已。

第三章 Chapter 03
最 美 好 的 事

天蓝,风轻,云淡,这些都是我喜欢的美好的事,但于我来说,这世上最美好的事,莫过于,我喜欢你,而你同样喜欢着我。

【一】

那天,回去的路上,我接到爸爸的电话,他在电话里像对下属一样下命令,要求我准备好参加晚上七点的商务晚宴。

我木然地说"好",再没有多余的话,挂断电话。

傍晚时分,我涂了厚厚的粉遮盖住右脸颊红红的掌印,换上得体的礼服,让家里的司机送我去晚宴地点。

像往常一样,我若无其事地穿梭在人群里,与人寒暄,需要的时候,再喝一杯。瞧,这么多年,这种事我做起来已经驾轻就熟,即便上一刻还伤心欲绝,下一秒就能笑脸迎人。

毫无意外地,我在晚宴上遇见了龙曦。那时候,我已经应爸爸的要求跟熟人都打了一遍招呼,偷偷躲到阳台上去喘一口气。

他端着两杯酒走了过来,将其中的一杯香槟递给我,抬头看看天空,若无其事地说："今晚的月色真美。"

周到又不失礼的寒暄。如果换成是别人，我也会学他的样子谈谈天气吧，然而，他并不是别人啊，他是龙曦。

左胸腔里，像是有什么细细的针芒轻轻刺了一下，我想起白天他默然离开的那一幕，他大概也像爸爸一样，觉得我是那样有心机的人吧！既然他都那么认为了，那我就不需要将自己伪装成好人了吧！

我突然任性地说："龙少希望我怎么回答呢？'是啊，月色皎洁，繁星璀璨'这样吗？"

他双手撑在阳台栏杆上，侧头专注地看着我："你只要说你心里想说的话就行了。"

"是吗？"我笑，大概是酒精的作用，我的嘴巴有点不受控制，"那我想问问龙少，是不是像龙少这样永远利益至上的继承者，只能同甘，不能共苦？"

说完，我举着酒杯，歪头笑眯眯地紧盯着他。反正，他已经对我没什么好感了，不如彻底一点吧。我假装饶有兴致地等着他的反应，他会生气？还是毫不在乎？

我紧盯着他的脸，不想错过他任何一个表情。他似乎愣了一下，然后沉默地看了我两秒，说："我白天选择离开，是因为我知道，你和我是同一类人。像我们这种故作坚强和冷漠的人，是最不能被人嘘寒问暖地安慰的，否则，我们那些拼了命故作的坚强就会分崩离析。云青，我不想，也不愿意，看着那样骄傲的你当众失态。"

他停下来,目光灼灼地看着我,说道:"所以,我选择假装视而不见地离开。"

我捏着酒杯,笑容慢慢地凝固在了脸上。大概是灯光太强烈了,那一刻,我眼里的龙曦渐渐有点模糊起来。像是从来只习惯独自舔舐伤口的虚张声势的小兽突然被人发现了软弱的一面,我内心情绪翻涌,不知所措。

又一次,他窥探到了我内心的想法。

像除夕夜在停车场,他告诉我他没有报警;像现在,他告诉我,我们这样的人,是不需要别人嘘寒问暖地安慰的。

为什么他总是能轻而易举地看透我的心思,用简单且直接的话语击中我最真实最隐晦的心事?我多想问一问他,是不是什么时候偷偷地在我心里装了个摄像头,所以能知道我最真切的想法?

这么多年来,他是第二个轻而易举地看穿我的人。

第一个看穿我的,是慕狄。

"哪,云青。"龙曦温和的目光落在我的脸上,"只有自己足够强大,才能去保护自己想保护的人。让自己成为自己讨厌的人也好,做自己不喜欢做的事情也罢,如果是云青你想了很久之后作出的决定,那就不要有任何迟疑。"

"呃?"我错愕地愣在那里,心脏仿佛被人一箭射中了。

他知道了吗?他知道我去爸爸公司的目的,知道我明知道会被爸爸误会也要继续去做的理由。为什么呢?明明是爸爸都没有发现的秘密,龙曦却可以一眼看穿?

最亲近的人无法理解我，满腔的愤怒和悲伤压在心底无处可说，我抑郁不已。

可是为什么呢？

龙曦，为什么呢？

涌上眼底的热意终于酝酿成灾，我强迫自己压下这种翻涌的情绪，可是没有用，眼角仍然湿润了。我忙别过头去，不想让龙曦发现我的失态。

一只手缓缓地落在了我面前，手上托着一方干净的手帕。我怔怔地望过去，是龙曦微笑的脸。他正看着我，用一种异常柔和的目光。

那一瞬间，心跳的节奏乱了。我从不知道，原来一直疏离冷傲的人一旦温柔起来，会这样吸引人。他仿佛闪着柔光，叫人移不开视线。也是在这一瞬间，我确定我喜欢上了龙曦。

"不，不需要。"意识到这一点，我本能地有些慌乱，连忙移开视线，不想让他看到我此时的表情，我害怕他发现我烧红的脸，也害怕他发现我异样的目光。

"不需要吗？"他没有缩回手，仍然执着地举着。

我端着酒杯侧身让开，低声说："不需要，今天的酒还真冲。"

让我眼泪都流出来了。

我仰起头，将杯子里的香槟一饮而尽。

【二】

我被爸爸扇了一巴掌的事，不知道怎么的，忽然在慕氏集团传开了，事

实上不只是慕氏集团，整个C城的上流社会，都在说我的事。

这段时间，名媛贵妇们闲谈的话题，都集中在我的身上。在她们眼中，我是被慕家打入冷宫的弃子，已经没有什么巴结的必要了。

但我依然留在了慕氏集团，爸爸打了我之后，并没有将我赶走，我仍然在策划部。只是公司所有人面对我的时候，都是一脸冷漠的表情，就连曾经上赶着来巴结我的小董事，都一个个离我远远的，就像我是什么洪水猛兽一般。

一连几个月，无论我做什么都会碰壁，策划案已经被否决了很多个，好像所有人都在否定我。其实我明白的，爸爸在等我知难而退。他在用这种方式告诉我，你慕云青根本什么都不是，要掌控慕氏集团——你不配。

他才是主导这一切的人，他是高高在上的上位者。他不想让我做的事，我就不能做；他想让我做的事，我再不愿意也必须去做，就像是那天他打了我，还命令我去参加商会。他在用他的方式羞辱我、惩罚我，告诉我，我是谁，让我明白慕氏集团是我的非分之想，是我永远都别想染指的。

如果我如他所愿地退缩了，那么我就不是慕云青了。我每天仍然在下课之后去公司，不管结果如何，我都不会放弃。

"让自己成为自己讨厌的人也好，做自己不喜欢做的事情也罢，如果是云青你想了很久之后做出的决定，那就不要有任何迟疑。"这是龙曦对我说的话，也是我在心里对自己说了无数次的话。

我只是没有料到，这件事会被C大的同学知道。走在校园里，每个人看我的眼神都不一样，有不屑一顾的，有嘲讽的，还有冷漠的，当然，也不乏同情的。我全都无视了，因为我知道的，如果太在意别人的眼光，那么干脆不要活了，那只会让自己成为傀儡娃娃，活得没有心、没有感情。

而更让我意外的是，那天叫住龙曦的那个女生来找我了。

那天是个阴雨天，下了课走出教室的时候，我见到了她，那个让我相当在意的、和龙曦关系微妙的女生。

我后来也曾暗中留意过，知道她叫赵胜楠，和龙曦从初中开始就是同学，一路走来，这么多年了，关系一直很好，好到很多女生都在怀疑，她是不是暗中和龙曦在交往。

我万万没想到，赵胜楠会来找我，因为算起来，我和赵胜楠之间根本没有交集，她完全没有理由来找我。

"边走边说吧。"她手里撑着一把黑色的雨伞，站在雨中，眼神冷淡，表情带着一丝疏离。她对我并不亲切，甚至连一个微笑都吝啬伪装。

"好吧。"我撑开伞和赵胜楠走入瓢泼大雨中。

一路上赵胜楠一直沉默着，我直接朝校门口走去，她就这么跟着我，眼见着校门就在眼前，她却仍然没有开口的意思。

我也并不着急，因为是她找我，而不是我找她。

走到车旁，我打开车门坐了进去。赵胜楠在副驾驶位上坐下。雨落在车顶，哗啦啦作响。

好一会儿赵胜楠才说："慕云青是吧，慕氏集团的大小姐。"她扭头看向我，眼底有一抹锐利的光，"我今天来找你，只是为了一件事。"

"关于龙曦？"我淡淡地问了一句。

她表情未变，仍然是那种干练冷清的样子："是，这并不难猜吧，我找你的唯一理由。"

"嗯，你想说什么？"有关龙曦，我心中就有些在意起来。

"你能离龙曦远一点吗？"她正色道，"你喜欢他吧？"

我心中猛地一震，脸上却不动声色。为什么我们明明只有一面之缘，她却会说出我喜欢龙曦这种话，她是从哪里看出来的呢？

我可以否认的，可是否定的话如鲠在喉，我怎么也说不出来。

"这和你有什么关系？"我冷声反问她。

"当然有关系，因为我爱他。"是的，她直接用了"爱"这个字眼，她眼底有一抹优越感。或许在她看来，我对龙曦是喜欢，这份喜欢比不上她对龙曦的爱。

"女人天生很敏感，其实上次见到你，我就觉得你会是个强敌。"她嘲讽似的笑了笑，"今天来找你，你大可以拒绝我，但是你没有，所以我断定你是喜欢龙曦的。因为你很清楚，我和你之间唯一可能有的联系，就是龙曦。"

"所以呢？"她说得没错，我的确是因为龙曦，所以没有拒绝她的搭讪。

"我果然说对了。"她冷声说，"慕小姐，你的事最近传得很凶，一个被慕家放弃的大小姐，是没有资格待在龙曦身边的，龙家人肯定看不上你。如果最后的结局早就注定好了，我希望你从一开始就不要去接近他。"

我被她气笑了，忍不住问："那么赵小姐，你觉得你有资格吗？你是用什么立场来和我说这些话的？我要不要接近他，这是我的事，你不觉得你在多管闲事吗？"

"我就是在多管闲事。"我说得那么直接，赵胜楠却一点都不介意的样子，她甚至还冲我笑了笑，笑容里带着一丝挑衅，"我认识龙曦快十年了，我比你了解他，我知道他需要什么样的人留在身边。"

"那个人是你吗？"我问道。

"至少不会是你。"说着，她打开车门下了车，站在雨里看着我，脸上带着一抹冷笑，"离他远一点，如果你真喜欢他的话。失宠的慕家大小姐，这样的身份，是没有办法待在他身边的。"

她说完，"砰"的一声关上车门。

整个世界一下子安静了下来，再接着是怦然跳动的心跳声，它不断地在我耳边放大。

我抬起手用力捶了一下方向盘，心中非常不甘。我很生气、很烦躁。

赵胜楠凭什么来让我离龙曦远一点？凭什么认为我这样的身份是没有办法待在他身边的？我才不要接受她的这套论调！

我发动车子，在瓢泼大雨中，将车开到最快。

我决定了，我一定要告诉龙曦我喜欢他这件事。

我，慕云青，慕家大小姐，才不要这样认输！

【二】

我一直在寻找合适的时机向龙曦表白。

向龙曦表白这个想法从那个阴雨天赵胜楠来找过我之后，就一直萦绕在我的脑海中，久久不肯散去。

心里始终憋着一股气，我一天不表白，这股气就不肯散去。

但在学校里我再也没有遇见过龙曦。原因我知道，龙曦已经大四了，大四下学期的课程非常少，可以说基本没有，剩下的时间是用来实习的。龙曦身为龙家的独子，早在高中毕业之后就进入龙氏财团帮忙了。他和我不一样，他在龙氏财团的地位，就是未来的接班人，有一帮衷心的股东拥护他。

不过时机总算来了，在五月十三号这一天，慕家举办了一场非常豪华的宴会，这场宴会的目的，是为了庆祝我的二十岁生日。

在所有人都以为我已经被慕氏集团踢出去的时候，爸爸却给C城所有的上层人物发了请帖，邀请他们来参加我的二十岁生日宴会。

没有人知道爸爸这么做的理由，就连顾姨也不知道，只有我清楚。那是爸爸在妈妈临终前答应过她的一个要求。爸爸虽然从不关心我的死活，在他眼里甚至只有慕氏集团才是最重要的，但他起码还是个信守承诺的人。

我换上特地定做的高档礼服，打开房门走了出去。今天的宴会设在慕家的别墅里。慕家有一个很大很漂亮的院子，很适合用来举办户外宴会。

所有人都穿着华丽的礼服，灯光将这一切晕染得万分奢华，乐队演奏着悠扬悦耳的曲调，有人在跳舞，有人在闲谈。

我从人群里走过，很多人的视线落在我的身上，我不甚在意，只是在人群里寻找着龙曦的身影。

他会来的吧？不知道为什么，我就是确定他一定会来。就像是曾经的那些宴会一样，我总能在人群里寻找到他的身影，从他还是个眉目清秀的少年，一直长成一个清冷高傲的男人。

从什么时候开始的呢？视线会在密密交错的人群里，几乎是一瞬间就捕捉到他的身影。我努力回想了一下，却已然忘记了。

赵胜楠说，她已经待在龙曦身边近十年了，其实我多想告诉她，我在更早的时候就遇见他了。

然而我没有说。因为过去的那些日子里，我们像活在平行世界里的两个人，从不曾有过交集。我有点后悔，如果我知道有一天自己会被人这样说，我一定会在第一次遇见他的时候，就去和他说说话，不会让我们以陌生人的姿态相处了这么多年。

"姐，你要去哪里？"就在我四处观望的时候，慕狄拉住了我。

今天的慕狄穿了一身白色礼服，眉目越发坚毅，十六岁的少年，已然是个大男孩了。

"我有点事，你别管我。"说完，我拂开慕狄的手，继续往前走。

"爸在找你。"慕狄跟了上来。

我只好停下了脚步，跟着慕狄走了回去。爸爸正一脸笑意地和一些叔叔伯伯说话。这些人聚在一起，三句话不离生意经，我的生日宴会，硬是被他们弄成了商务洽谈会。

我跟着慕狄走到爸爸身边，他找我的目的，无非是喊我来做个开场。

"欢迎各位来参加小女的生日宴会。"他让我待在他身边，然后将手中的香槟高高举起，一饮而尽，"大家玩得尽兴。"

我找机会从爸爸身边走开了,好在所有人都忙着交谈,无暇顾及我。

"慕大小姐,你在找什么?"一个略带讥讽的声音从我左前方传来。我下意识地看了一眼,是谢安昀。这个向来只会挖苦我的家伙,果然也来参加我的生日宴会了。

他朝我走来,递给我一个深蓝色的小礼盒:"生日快乐。"

我狐疑地看着他。他竟然会祝我生日快乐,这不正常。

"为什么这么看着我?"他有些不自在地移开视线,"快接啊!"

我往后退了一步,不明白谢安昀今天发的什么疯。

谢安昀往前逼近一步,直接打开盒子,里面是一个发卡,发卡上点缀着很多碎钻,中间有一粒粉钻,一看就价格不菲。

"谢大少,无事献殷勤,非奸即盗。"我并不想收他这么贵重的礼物。

谢安昀皱起了眉,他似乎忍住了什么情绪,扬手将那发卡别在了我的头发上:"你想多了,这个是我妈准备的。她有事不能来,让我把这个发卡转交给你。"

"是这样?"如果是谢安昀的妈妈送的,倒也正常。

"不然还能怎样啊!"他双手插在口袋里,眼底有一闪即逝的狼狈,"我走了,大小姐果然是不讨人喜欢。"

"帮我谢谢阿姨。"我端着香槟冲谢安昀晃了晃,目送他走远,然后看着他被一群千金名媛围绕。

我收回视线,继续寻找龙曦。

我心中有些焦急,找了这么久都没有见到他,难道他今天不会来吗?刚刚似乎看到了龙老爷子，但除了他之外，我没有看到龙家其他人。

正在我心中焦虑不安的时候，我看到了踩着一地星光急匆匆朝我走来的龙曦。

他走得很急，神色匆忙，手里抱着一束蓝色妖姬。在暧昧的灯光下，他就像是从天而降的白马王子，俊逸得不可思议。

我悬着的心一下子落了下来，那些焦躁的情绪，奇迹般地在顷刻间消失了。

他来了，他赶来了。看到他的那一刻，我满心都是欢喜，甚至连我自己都没有注意到，我的嘴角已然扬起了一个愉悦的弧度。

我飞快地朝他走去，一种从未有过的急切情绪涌上心头。

我第一次这么迫切地想要去一个地方，迫切地想要见一个人，迫切地想让他在人群里第一眼就看见我。

"龙曦！"我走到铁艺大门边，低低喊了他一声。

他离我只有五步远，在我喊他之前，他已经发现了我。细碎的灯光落进他的眼里，清澈如流水，让人一下子就能看进他的眼底。

"云青。"他轻轻唤了我一声，便携着夜风朝我走来。

那一瞬间，千言万语呼啦啦涌上心头，我想告诉他，大声告诉他，我，慕氏集团大小姐慕云青，喜欢上你了。

然而还没等我开口，龙曦已经走到了我面前，他将花放进我空着的那只手里，说："我迟到了，生日快乐。"

"不迟啊，不是还没过午夜十二点吗？"我抱着那束花，微微扬了扬嘴

角,"你能来,我很高兴。"

"第一眼见到的人是你,我也很高兴。"他的声音如一汪清泉淌过我的心间,"有想去的地方,无论是哪里,我都一定会去的。"

我怔怔地望着他。

他静静地看着我,眼含笑意。

"有想见的人,不管那个人在哪里,我也一定会去见的。"他缓缓地伸出手来,从我手上接过香槟杯,我的手一松,却连同杯子一起被他握进了手里,"云青,我有很重要的话想对你说。"

那一刻,他眼底是赤裸裸的柔情与蜜意,毫不掩饰,或者说他没有想过要掩饰。

很多话不必再说,很多事不必再问,很多感情不用再确认,我清晰地知道,他就如我喜欢他那样,也喜欢着我。

这个发现多么叫人欣喜,我几乎喜极而泣。

这个世界上,遇见喜欢的人不容易,遇见喜欢的人同时喜欢自己的概率,就更加渺茫。我多么幸运,有生以来第一次喜欢的人,他也恰好喜欢着我。

"我也有话想对你说。"

他近在咫尺,他的掌心发烫,他此时的心情一定也和我一样吧!龙曦,你看见我眼睛里不加掩饰的情意了吗?

"我知道。"他一把拉住我,将我拉到被蔷薇花覆盖的栅栏后。那里灯光照射不到,是这个热闹的宴会唯一一个安静的、不被人打扰的地方。

他就这么拽着我躲进了蔷薇丛，然后低头，温润的红唇落在了我的唇上。

"啪——"

头顶巨大的烟花将天空照亮，这是生日的烟花，璀璨不已。

真巧啊，我与他第一次点头之交，是在除夕夜，那时候窗外烟花开成了海。我对他倾心是在元宵节，透明的玻璃窗映着烟花。这一次，在这个多情的夜里，在烟花炸开的瞬间，他吻了我。

这个时候的我从未想过，烟花的确很美丽，但是盛开的时间太过短暂。就像我和龙曦之间的爱情，璀璨绚烂到极致的时候，瞬间熄灭，只余下一层灰烬和满地狼藉。

他松开了我，我听得见他紊乱的呼吸声，我知道他此时的心情一定和我一样。我们什么都没有说，千言万语，在这个吻里，全都说尽了。

【四】

龙曦最近的心情很好，他不是那种喜形于色的人，但就算是这样，他身边的人还是感受到了他的好心情。

谢安昀觉得非常不解，最近龙氏财团发生什么好事了吗？为什么龙曦会从高傲男神一下子变成了温润的男子？

如果不是他知道龙曦是独子，他都要以为现在的龙曦是原来那个龙曦的双胞胎弟弟了。

"我说，是发生了什么好事吗？"终于，在龙曦再一次盯着手机出神并

且露出温柔的微笑时,坐在龙曦对面的谢安昀忍不住开口问了。

龙曦顿时收起笑容,将手机放在一旁,端起手边的咖啡喝了一口:"为什么这么问?"

"因为你明显不正常啊!"谢安昀怪叫一声,"你是恋爱了吗?"

龙曦端着咖啡的手一僵:"为什么这么问?"

"因为只有恋爱才能拉低一个人的智商啊!"谢安昀仔仔细细地将龙曦打量了一遍,"不会吧,我真的猜中了?"

"你的确猜中了。龙曦,开会了。"回答谢安昀的,却是赵胜楠。她穿着干练的套装,因为不苟言笑,所以有人给她起了个外号叫"冰山美人"。

谢安昀当然认识赵胜楠,非但认识,还算得上是朋友。大四实习的时候,龙曦邀请赵胜楠来龙氏财团,赵胜楠本来是不打算来的,但龙曦对她说:"就当来帮帮老朋友吧。"

赵胜楠一时心软,就应了下来。她明白的,在龙曦心里,她是个朋友,是个老同学,但除此之外,再也没有别的位置留给她了。

"你听到了,我要开会了。"龙曦将咖啡喝掉,"胜楠,你招待下我们的谢大少。"

"我说,你还没回答我的问题呢。"谢安昀想要追上去,然而赵胜楠伸手拦住了他,他只好作罢。

"胜楠,龙曦他真的恋爱了?"无奈之下,谢安昀只好将矛头对准了赵胜楠,"不会吧?难道他是和你在谈恋爱?"

赵胜楠眸光一颤,低笑道:"谢大少还真是会开玩笑,你是故意的吗?"

"咳咳。"谢安昀顿时就有些尴尬地干咳了两声,的确,他问这个问题极为不合适。因为认识得久了,谢安昀比任何人都明白赵胜楠对龙曦的喜欢有多深,偏偏她在龙曦面前不肯表露分毫,这么多年,一直以好朋友的身份留在龙曦身边,谨守着作为朋友的本分,一直不曾过界。有时候谢安昀都不得不佩服她,能将自己的心意藏起来,一藏就是这么多年,他谢安昀自认为做不到。

"我只是看你这么淡定……"谢安昀注意看了一下赵胜楠的表情,她藏得真好,至少他看不出她有什么忧伤的表情。

"我应该怎么样呢?"赵胜楠双臂环胸,似笑非笑地看着他。

"失恋了,不是应该伤心欲绝吗?"谢安昀还是对龙曦的事耿耿于怀,"胜楠,龙曦真的谈恋爱了?对方是谁啊?身为他最好的哥们儿,我竟然不是第一个知道,甚至连他的交往对象都想不出来,还真是叫人沮丧。"

"我为什么要伤心欲绝?是我激她表白的。"赵胜楠在谢安昀面前坐下,她面前是空掉的咖啡杯,龙曦留下来的。

"嗯?"谢安昀茫然地看着赵胜楠,"什么意思?你当了回月老?"

"郎有情妾有意,只差临门一脚,我顺势踹了一下而已。"赵胜楠淡淡地说道。

"我不懂。"谢安昀终于摆出了认真的表情,"你喜欢龙曦吧?你喜欢了他那么多年,你现在这么做,又是为什么呢?"

"因为我比任何人都希望龙曦快乐,我不想他再隐忍下去了。"赵胜楠说,"虽然我想给他快乐,可是我知道能给他快乐的人不是我,能让他牵肠

挂肚、露出那种温柔表情的人,并不是我,所以如果能够让他快乐,我愿意成全他。"

"真是不可理喻。"谢安昀并不认同赵胜楠的想法,"喜欢一个人,当然会想要占有,想要那个人的快乐只由自己去给予,而不是其他什么人啊!"

"如果你足够爱一个人,你就会明白的。"赵胜楠说完就从沙发上站了起来,"谢大少,我还有事,先去忙了,就不招待你了。"

谢安昀忽然想起什么,回头问了一声:"那个人是谁?"

赵胜楠走到门口,脚步顿住了,她站得笔直,单薄的背影给人一种很倔强的感觉:"慕云青,慕家的大小姐。"

话音一落,谢安昀整个人都呆在了那里,连赵胜楠什么时候走的都不知道。他脑海中不断地回响着"慕云青"那三个字,他很想追上去拽住赵胜楠问一问是不是自己听错了,否则自己为什么会听到这个名字?

慕云青和龙曦,这两个名字,明明一点都不搭,那两个人是什么时候有的交集?为什么他不知道?

一直以来,他其实都在注视着慕云青,却因为不善表达,总是别扭着,用了相反的方式,不断挖苦她、嘲笑她,可那不过是想让她记住他,让她觉得自己是特别的。

可是为什么他没有注意到,他最好的朋友,竟然和慕云青在谈恋爱?

这多么荒唐!

在谢安昀看来,这比彗星撞地球还要荒唐。

他很想追过去向赵胜楠确认，甚至是冲进会议室，将龙曦拽出来，问一问他这是不是真的，可他能做的仅仅是深深陷进沙发里，过了好久都无法站起来。

问了，又能怎样呢？

他自嘲地笑了一下，慕云青和龙曦，他们彼此都没有男女朋友，为什么不能在一起呢？他们在一起，又关他谢安昀什么事呢？明明他从未对任何人提起过慕云青，甚至是和龙曦都不曾提起过她，她就是他心上的一抹月光，他从黑暗中捕捉了，一直悄悄藏在那里，想要永远都珍藏着，不让任何人知道。

他忘了，这个世界上，不会只有他谢安昀一个人发现她的好。

可是为什么是龙曦？

为什么偏偏是龙曦？

一种无力感攥住他的心脏，他甚至有些暴躁，有些生气，可是理智又偏偏不允许他拥有这样的情绪。

他握拳狠狠捶在沙发上，然后站起来，将门狠狠摔上，头也不回地跑出了龙氏财团。

他本是兴冲冲地来找龙曦玩的，最后却是心烦气躁地铩羽而归。

回去的路上，他将车开得飞快，在一个路口险些出了车祸。他惊出了一身冷汗，人也在那一瞬间彻底冷静下来。

他将车停在路边，在路人的漫骂声中，大口大口地喘着气。

他满头满脸的汗，浑身止不住地颤抖，也不知是情绪太激烈，还是刚刚

的惊吓太严重。

　　他拿出手机,找到龙曦的电话号码,好几次想要拨通,好几次想要去确认他是不是真的和慕云青在交往。可最终他还是没能这么做,因为他没有立场去质问,他不是慕云青的什么人,他是没有资格的。

　　但他仍然有些不甘心,明明是他一直在看着她,为什么在自己的眼皮子底下,他最爱的人和自己的好朋友成了男女朋友?

　　他真的很不甘心啊!

　　此时的龙曦也不动声色地拿出了手机。坐在他身边的董事,惊诧于他唇边若有若无的笑意。在他们的印象中,龙曦一直都是冷静自持的,他们甚至都不曾见过他的笑脸。今日见到了,真如昙花一现,俊逸美好得不像话。

　　龙曦的手指滑过屏幕,慕云青发来了信息,信息的内容很简单,只有一个"好"字。

　　他收起手机,心里有些雀跃。

　　五分钟前,他发短信问慕云青,中午一起吃饭可好。

　　他内心其实是有些忐忑的,怕她没时间,但现在她答应了,他就总想微笑。

　　原来喜欢一个人到极致的时候,单纯只是想到她,就会默然微笑。

　　他和慕云青在那天晚上之后,很自然地就开始交往了。他从不知道,原来他和她可以这样默契。他知道那天,慕云青一定是和他一样,想要向对方表白的,最后谁都没有说出那三个字,却都在一瞬间明白了对方的心意。

这样真好。

人一生中，能遇见一个百分百契合的恋人，这真是三生有幸。

龙曦想，这辈子，他无论如何都不会松开慕云青的手。他花了十多年的时光，才真正走到她身边，若是松开了，他又要再花多久的时间重新回到她的身边呢？

开完会，龙曦没有停留地直接回了自己的办公室。他将资料夹放在桌上，抓起车钥匙就出去了。

赵胜楠坐在办公桌前，双手托着腮，就这么看着他走远。过了好一会儿，她才终于低下头去。她应该感到高兴的，可是为什么此刻她的心里会浮现出一丝尖锐的疼痛呢？

她不知道自己故意去找慕云青，了解慕云青对龙曦的真正感情，然后激龙曦去表白这件事，到底有没有做错，可是她真的想让龙曦快乐。

现在的龙曦很快乐，她比谁都清楚，所以她的心痛没有关系，只要他开心就好。

赵胜楠觉察到龙曦喜欢慕云青，是在很早的时候。或许龙曦自己都忘了，那是高中的时候，有一次下课，她看到龙曦站在阳台上，静静地注视着一个地方，那眼神专注极了。

她了解龙曦，他的每一个细微的表情她都读得懂，所以她下意识地就记住了那个女孩。

后来她知道，那是慕氏集团的大小姐，是有钱人家的孩子，是配得上龙

曦的人。是的,早在那个时候,赵胜楠就知道慕云青是谁了。这么多年来,她是怀着怎样的心情陪在龙曦身边的,她自己也不知道。她不敢回头去看,怕回头看了,她就再也没有力气继续待在龙曦身边了。

龙曦出了公司,直接开车去了C大。今天慕云青上午有课,现在正是放学的时间。

他停好车,慢慢走向教学楼,才走到门口,下课铃就响了,许多学生走了出来。龙曦静静地等着,很多女生偷偷看他。龙曦实在是个出色的男人,他值得任何一个优秀的女孩为他驻足。

可惜他的眼里完全看不到其他人,他就这么静静地等,终于,他看到慕云青抱着书从里面走了出来。

她看见了他,然后在中午灿烂的阳光下,她对他笑了,那一瞬间,如春水映梨花。

所有人都目瞪口呆地看着慕云青一步一步地走向龙曦。龙曦旁若无人地接过她手上的书,另一只手牵住她的手,缓缓地朝前走去。

明明一句话都没有说,却自然而然地流露出极大的默契和欢喜,不需要去确认,谁都看得出来,他们是相爱的。

不远处的大树下,谢安昀一脸苍白地看着并肩行走的两人,他的手紧紧握成拳头,想上前,却不敢上前。

慕云青在看到龙曦的那一瞬间绽放出来的笑容他看到了。

因为看到了,所以他退缩了。

记忆中，慕云青从来不曾有过那种笑容。谢安昀记得特别清楚，他第一次见慕云青是十一岁的时候，那时慕云青九岁，母亲因病去世，然而慕云青的父亲逼迫她去参加一场欢天喜地的派对。

那时候，十一岁的他同样因为被迫参加派对不能跟同学一起打游戏而跟父亲赌气，正气愤难当的时候，是九岁的云青走过来，轻声对他说了一句："越是难以接受的事，越要尝试去接受，那样自己才会好过一点。"

她没有安慰他，只是那样冷静又清冷地说了那样一句话，他就记住了她，那个冷静得令人心疼的小女孩——慕云青。

十一岁的小男孩，不懂怎么去讨女孩子的欢心，只会做一些惹人厌的事让她看向他。然而九岁时失去母亲的慕云青，仿佛一夜之间长大了，她不再是那个娇柔的小女孩，她彻底变成了冷静淡漠的小姑娘。

他也并非没想过去表白，可是他想要等到自己足够成熟的时候再去告诉她自己的心情，于是他耐着性子等啊等，一直等到了自己十八岁那天。他记得特别清楚，那天下着鹅毛大雪，他兴冲冲地跑去见她，迫不及待地想给她爱与承诺。他想告诉她，在过去那么多个日日夜夜里，他辗转难眠，满心都是她，那是一个少年最纯粹的初恋。最热烈的感情，像是火煎油炸一般，熬得他坐立难安，像只无头苍蝇一样。

然而她一脸困惑，满面冷清，仿佛看一个陌生人似的看着他，问："谢大少，有事？"

满腔的话，因为她的冷淡，变得无法说出口。十八岁的谢安昀有着固执的骄傲，所以，他藏起心事，假装满不在乎地嘲笑她："慕云青，你的短发

真难看。"

"谢谢。"她笑着说,并不反驳,然后她转身,踩着满地落雪消失在白栅栏的背后。

他怅然若失地回去了,从此见到她,仍是一副不正经的样子,挖苦她、嘲笑她。其实他是有些埋怨的,怨她怎么就不明白他的心思。

但他知道的,她不过是正常反应罢了,他偷偷酝酿、默默发酵的情感,不过是他一个人的兵荒马乱。

他只是气不过,她怎么就悄无声息地和龙曦成了恋人。他不甘心,于是他想来找她,想要告诉她自己的满腔柔情。

然而他看到了那个笑容。

直到这个时候他才明白,为什么赵胜楠会说那种话。

她说:"虽然我想给他快乐,可是我知道能给他快乐的人不是我,能让他牵肠挂肚、露出那种温柔表情的人,并不是我,所以如果能够让他快乐,我愿意成全他。"

如果龙曦能让她露出那种微笑,他愿意成全她,继续将自己的心意深埋心底,什么都不说,只需要在别人看不见的地方,悄悄看着她,看着她快乐,这就足够了吧!

他缓缓地扬起嘴角,露出了一个苦涩的微笑。

慕云青,你一定要幸福,狠狠地幸福,否则我一定会忍不住把你抢过来。

第四章 Chapter 04
陪你度过漫长岁月

我是沉默的存在,不当你的世界,只做你的肩膀。

【一】

进入六月,天气燥热起来,我推开窗户,让夜风送进一抹清新的空气。

夏天的夜晚,天空非常干净,深蓝色的天空点缀着闪耀的繁星,仿佛是一块幕布上撒满了碎钻。

栀子花的香气让人神清气爽,我拿起手机,想给龙曦打个电话,而就在我有这个想法的瞬间,龙曦的电话就打过来了。

我忍不住扬起了嘴角,接通电话凑近耳边,龙曦低沉好听的声音响在了耳边。

"正想给你打电话,你就打来了。"我握着手机躺在床上,轻笑着说。

"嗯,刚刚做完事,想和你说说话,所以打来了。"龙曦低笑着说,"看到天空了吗?今天星星真多,感觉很久没有看到这么多星星了。"

"是啊,我刚刚想打给你就是让你看星星的。"

我发现,自从和龙曦在一起之后,我每一天都生活在快乐之中,那些不愉快的事情，全都变得无关紧要。在公司里被董事排斥，在家里被冷眼相待，这些一点都不重要了。

因为我知道，无论发生什么，龙曦都一定会陪着我的。

"嗯，这叫心有灵犀一点通吗？"龙曦轻笑着说。

我望着窗外的天空，想到我和他正注视着同样的地方，或许还看着同一颗星星也说不定，一丝甜蜜就涌上了心头。

"说起来，你快毕业了吧。"伴随着酷夏到来的，就是毕业季，"你是直接进龙氏财团，还是去留学？"

"我应该会去留学，现在的我还不够成熟。"龙曦说，"你呢？云青，你是怎么想的？"

"我的想法和你一样。"现在的我对于慕氏集团来说，根本毫无意义，龙曦曾说过，只有变得强大，才能保护自己想保护的人。

我不知道自己能拖多久，但在慕狄不得不接管慕氏集团之前，我希望帮他守住慕氏集团。当然，我的内心深处，其实一直希望得到爸爸的认同。我希望他能够肯定我，能够明白，就算是女孩子，对家族企业的意义，并不是只有联姻。

"看来，我们总是能不谋而合。"龙曦好听的声音仿佛是直接在心底响起来的，"如果我去了国外，无法见你，你会想我吗？"

"不会。"我故意停顿了一下，"我会去见你的。"

"哈哈。"龙曦忍不住笑了出来，"我也是这么想的，反正乘飞机很快，想你了，就回来见你。"

"所以不会出现你出国、我阻拦的情况。"我笑着和他开玩笑,"是不是觉得,我真是个满分女友?"

"是啊,三生有幸遇见你。"他低沉的声音响在耳边,"云青,遇见你,三生有幸。"

脸隐隐有些发热,我从床上爬起来,梳妆台的镜子里,映出满脸酡红的我。我伸手捂住自己的脸,那么多的情话,却敌不过这一句"三生有幸遇见你"。

"嗯,总觉得,遇见你真好。"我说。

然后我就和龙曦一同陷入了沉默之中,谁都没有说话,似乎都被彼此的话感染到了。

好一会儿,我听见龙曦用略显紊乱的语气对我说:"早点睡,明天去接你,最近有一部刚上映的电影,我们一起去看。"

"好啊,我等你。"我说,"晚安。"

我挂掉了电话,拿着手机站在那里,好一会儿才平复躁动的心跳和紊乱的呼吸。

和龙曦交往已经一个月了,这一个月来,整个C城上流社会都知道了我们的恋情,当然,说什么的都有。我并不在意那些话,我知道龙曦也不会在意。因为我相信他,更相信我自己的眼光。

龙家当然也知道了我和龙曦的事,但龙家并没有人出面表示什么,他们不肯定也不否定,也不知道是让我和龙曦顺其自然地走下去,还是在等着我们走不下去自动分手的那一天。

总之，我和龙曦的情侣关系是公开的，我只要知道这一点就够了。

不管龙家对我是什么态度，我都会努力地让自己变得强大。如果他们觉得我没有资格站在龙曦身边，那么我就让自己强大到拥有那样的资格。

爸爸听说我和龙曦的关系之后，态度也很暧昧，不过他没有再让公司的人像之前那样排斥我了，我的策划案不至于全军覆没。

一时间，好像什么都变好了，这一切发生在我和龙曦在一起之后。我更加确定，龙曦就是我要一辈子与之在一起的那个人。我的选择没有错，我没有爱错人。

第二天，龙曦果然很准时地出现在我们教学楼下，路过的女生纷纷投以羡慕的目光，她们羡慕我有龙曦这样好的男朋友。我知道，并且为此感到骄傲。

"走吧。"龙曦带着我往外走。因为知道龙曦会来找我，所以我并没有开车。我上了龙曦的车，龙曦忽然侧过身来，我以为他要吻我，心一下子提到了嗓子眼，然而他只是轻笑着拉下我座位边的安全带，很仔细地替我系上。

"这样比较安全。"说着，他将我耳边的头发拢到耳后。他的手温暖极了，轻轻触碰我的脸颊，如同一根羽毛从脸上拂过，却停在了我的心上。

吃饭的时候，他从口袋里拿出一个小礼物盒递给我。

我有些不解地看着他："为什么送我礼物？"

"男朋友送女朋友礼物不是天经地义的吗？"他微笑着，示意我打开看看。

"你说得倒是有道理。"我故意沉下脸来,"要是我不喜欢的话……"

"不喜欢,就送到你喜欢为止。"他低声说。

心微微颤了颤,他永远有办法说出让我心跳加速的话。我低下头,慢慢地将礼物盒拆开。这是龙曦第一次送礼物给我。从小到大,我收过很多礼物,各种各样,价值连城的有,便宜的也有,但我都没有在意过。可是眼前这个礼物,却让我很期待。不管价值几何,但它是龙曦送的,单凭这一点,就足够让我满心期待了。

我拆开了盒子,里面放着的是一支非常漂亮的钢笔。这让我十分惊喜,这支笔是我特别想要却一直找不到的。

"喜欢吗?"龙曦微笑着问我。

"喜欢!"我特别开心,忍不住凑过去轻轻在他脸颊上印下一个吻,"谢谢你。"

他目光暖暖地注视着我:"喜欢就好。"

我小心翼翼地将笔收起来,心里已经开始寻思着要送什么礼物给龙曦。他给了我一直在找的钢笔,我送什么给他才合适呢?我幸福而烦恼着。

吃完午饭,我们去看了一场电影。

走出电影院的一瞬间,阳光照在我的脸上,我心中忽然生出了一种奇怪的感觉,如果时间可以在这里按下暂停键就好了。

现在的我真的很快乐,有喜欢的人,有梦想,有为之努力的事,有阳光,有微风,有一切我喜欢的东西存在着,这样多好。

"龙曦。"我侧过头看着他。

"嗯？"他缓缓回过头来。

他离我很近，近到我看得见他眼睛里我自己的身影。

"我……"

我喜欢你。我想对他说这句话，可是话到了嘴边，我又轻笑着咽了下去，改口说："阳光真舒服。"

"是啊，微风也很舒服。"他轻轻地握住了我的手。

我知道，他听出了我隐晦的告白。

【二】

然而一切就此戛然而止，仿佛璀璨的烟花一样，绚烂而短暂，美丽而残酷。

是谁说过，乐极生悲？

是谁说过，物极必反？

不知道是不是老天爷见不得我得到快乐，在我离幸福那么近的时候，却一把将我从云端踹了下来，我狠狠地落地，瞬间满身泥泞。

一场巨大的变故从天而降，而这场变故，发生在我大二的暑假。

一放暑假，龙曦就告诉我，他得陪父母去一趟美国考察一个项目，我们说好等他回来后，就一起去普罗旺斯度假，然而我还没等到龙曦，就先等到了一场天崩地裂的变故。

那天是一个非常普通的早晨，家里的电话响个不停，我被吵醒了，电话一直没人接，响了停，停了又响。

我下了床,穿着拖鞋往楼下走,电话还在响,我顺手接起来。

"请问是慕家吗?你好,我是《C城日报》的编辑,我想请问一下,慕氏集团忽然破产是不是有什么内幕?慕先生现在人在什么地方……"

"你打错了。"我飞快地挂掉了电话,原本还有些犯困的我一瞬间清醒了过来。

电话紧接着又响了起来,我深吸一口气,再次接起。

"麻烦问下是慕家吗?我是'财经频道'的记者,我来核实一下,据说慕氏集团一夜破产,欠下五亿美元的债,这是不是真的?"

"啪!"我一把将电话挂断。

然而电话又一次响了起来,我不接,电话就一直响。

我觉得烦,一把扯掉了电话线。

"姐。"慕狄穿着睡衣出现在楼梯口,他一脸不解地看着我,眼神懵懂迷茫,还不知道刚刚发生了什么,"电话怎么一直响,陆姨呢?"

陆姨是在我家帮忙做饭打理家务的保姆,但是一大早的,我却没有见到她。

"不知道。"经慕狄这么一提醒,我忽然意识到,慕家现在不会只有我和慕狄两个人吧?爸爸呢?顾姨呢?陆姨不在情有可原,或许是家里有什么事,但是爸爸和顾姨去了哪里?

现在已经是上午八点,爸爸和顾姨没有理由到现在还不起来,而且也没有听说他们要出门。

我连忙跑上楼,直接推开爸爸房间的门,可是房间里什么都没有,被褥没有动过的痕迹，这说明爸爸一夜未归，我又去了隔壁房间，顾姨也不在。

"姐，发生什么事了吗？"慕狄一直跟着我，他不是小孩子，从响个不停的电话，从我藏不住的表情，他已经看出了一丝蛛丝马迹。

"我不知道。"我也不知道发生了什么。我拿出手机，打电话给爸爸，可是他关机了，我再打给顾姨，仍然打不通。

"我出去一下。"我飞快地跑下楼，抓起车钥匙打开家门，然而还没走到铁艺大门边，我就看到那边乌压压围了一群记者。他们拿着摄像机和话筒，全都堵在门口，有人恰好见到我，顿时疯了一般朝前挤过来。

"慕小姐，慕小姐，请问慕氏集团一夜破产到底是为什么？"那人大声喊着，身后各种各样的声音响起，混在一起，让我的脑袋几乎炸裂。

"小狄，小狄！"我一边喊，一边跑进家门，慕狄这时候已经急匆匆地换好了衣服，"快跟我走，我们去公司！"

"姐，是不是公司出事了？"慕狄到底还只是个十六岁的孩子，他的声音有些颤抖。他在害怕，我知道。

"是，公司应该出事了。"我不能骗他，也骗不了他。我原本打算将慕狄留在家里，但是外面的那些记者让我觉得他留在家里也未必安全。

我锁好家门，带着慕狄从后门绕了出去。我开着车一路朝慕氏集团疾驰而去。汽车广播正在播放慕氏集团破产倒台的消息，我没有关掉，我想要知道到底发生了什么。然而让人烦躁的是，广播里颠来倒去的，并没有说到实质性的内容。没有人知道到底发生了什么事，让财大气粗的慕氏集团，在一夜之间倾家荡产。

"姐,慕氏集团倒了吗?爸爸和妈妈为什么全都失踪了?"慕狄几乎都要哭出来了。

"小狄,你别怕,不管发生什么事,还有姐姐。"我试图安抚他,或者说,我是在试图安抚我自己。

我告诉自己不能慌,不能乱,这种时候如果连我都不能保持冷静,那么慕狄要怎么办?他只是个十六岁的孩子,甚至十六岁生日都还没有过!如果我乱了,那么慕狄要怎么办?

我拼命克制住自己的情绪,压抑住心中的纷乱,将车开到最快。很奇怪,这个时候我的灵魂似乎已经脱离我的身体,我能看见我自己在开车,看见路上的行人,看见路边的一草一木。

慕氏集团大门紧闭,那里同样围堵了不少记者,从车窗望过去,密密麻麻都是人。

"姐,姐,真的出事了。"慕狄的声音都变了调,他扯着我的手臂,一脸无措。

"我知道,我知道的。"我伸手揉了揉他的头发,然后将车开到慕氏集团后面的马路上,将车停在那里,再带着慕狄从后门员工通道进了慕氏集团。

今天是周三,原本应该忙碌的慕氏集团却一片冷清。我带着慕狄往里走,每走一步,我的心就下沉一分,走到最后,我的每一步都像是踩在自己的心尖上。

太安静了,这就显得我的脚步声无比巨大,它和我的呼吸与心跳声混合在一起，充斥着我的整个世界。若不是慕狄就在我身边，我都害怕自己没有办法继续往前走。

慕狄紧紧牵着我的手，他手心里全是汗。

我走完最后一级台阶，带着慕狄走到了总裁办公室外面，心情紧张到了极点，只需一点风吹草动就能让我崩溃。

我伸手按住了门把手，然后深吸一口气，用力按下去，门开了。

一阵湿热的风扑面吹来，总裁办公室里的窗户没有关，风卷着夏日的热浪涌进来，窗帘被风吹起，不停地晃动着。

奢华的办公室外间，靠近窗户的地方放着一张办公桌，桌子后面是一张真皮靠背椅，此时靠背椅上坐着一个人，他靠在椅背上，仿佛只是睡着了。

他前面的办公桌上放着一沓文件，就像他在这里加了一夜班一样。

但是无论他的神情多么安详，那过于苍白的脸色还是透露出了他已经死去多时的事实。

"爸——"

一声嘶喊从身侧传来，紧跟着一个身影如同离弦的箭一般朝前扑去。我因为震惊而游走的神思，在顷刻间被拉了回来。

我连忙冲过去，赶在慕狄之前跑到了爸爸身边。

"爸爸！"慕狄伸手抓住爸爸的手臂拼命摇晃，晃了又晃，可是爸爸没有再睁开眼睛。他无法那么做了，因为他已经死了。

我用力深呼吸，借此稳住自己就要崩溃的情绪。我拼命告诉自己，我不能垮，我要是垮掉，慕狄要怎么办！

我需要冷静！我伸手去拉慕狄，到了这个时候我才发现，我的手颤抖得厉害，或者确切地说，是我整个人都在颤抖。

"小狄，去找你妈妈！"我的视线扫到了桌子上放着的两个信封，我侧过身去，将信挡在身后，"快去找！"

"可是爸爸……"慕狄的声音哽咽了。一直以来，虽然爸爸会让他去做他不喜欢做的事，可那是爸爸啊，是从小到大将他捧在手心里呵护的爸爸啊！

"快去！"我低喝一声，"小狄听话，快去找。"

慕狄紧紧抿着唇，站起来走进了里间。

我飞快地将那两封信折起来放进了口袋里。桌上除了文件和信，还有一个空掉的安眠药的药瓶。我来不及去确认桌上的那些资料到底是什么，就听见里面传来慕狄撕心裂肺的哭喊声。

我连忙赶过去，里面是个休息室，才进门，一股血腥味就扑鼻而来，慕狄崩溃地瘫坐在地上，他已经再也没有力气多走一步了。

我顺着他的视线望去，首先映入眼帘的，是被血染红的被单，顾姨平静地躺在那里，她浑身的血仿佛已经流尽了，她就像是手艺精湛的剪纸人剪出来的纸人，毫无生机地躺在那里。她的手腕上有一道横切的口子，血早就不流了，伤口泛白。

"姐，姐，妈妈她……"慕狄已经说不出完整的话了。

我蹲下去抱住他，我不知道要说些什么才能让他稍微好受一点。

"姐姐，为什么？到底发生了什么？"他无意识地反反复复地问。

"我不知道。"

我不知道,我和慕狄一样,什么也不知道。

不知是不是情绪过了崩溃的临界点,人反而会冷静下来,我掏出手机,因为颤抖得厉害,我差点抓不住手机,拨了很久才拨通了报警电话。

我也很想知道到底发生了什么,明明一切都好好的。甚至前天早上见到爸爸的时候,他还没有什么反常,是什么样的变故让慕氏集团在一夜之间被颠覆?

为什么爸爸会死?

为什么顾姨会死?

为什么他们什么都不说就丢下了我和慕狄?

桌上放着的两封信,信封上都写着我的名字。从字迹上看,那两封信是爸爸和顾姨留下来的。为什么呢?

明明我是被他们无视的人,为什么在最后的最后,他们不约而同地给我留下了绝笔信?

我也很想知道为什么啊!

脸上有些痒,我伸手去触碰,这才发现我和慕狄一样,也已经泪流满面了。

手机适时响起,我抓起来看了一眼,是个陌生号码。

我狠狠将手机砸了出去。这种时候会给我打电话的,一定都是来问我到底发生了什么事的吧。

可是我不知道,我不知道!不知道!不知道!我什么都不知道!

我失去了全部力气,甚至连站起来都做不到。

"姐姐,我们要怎么办?爸爸妈妈都死掉了,慕氏集团也没有了,我们要怎么办!"慕狄无措而彷徨,他眼底满是惶恐和不安。才十六岁的孩子,甚至连生日都还没有过,这样的变故宛如晴天霹雳,将他的理智和思考能力一起震塌了。

"没关系,姐姐在,你还有我。"我轻声对他说,"没事的,会没事的。"

这个酷热的盛夏,在奢华的办公室里,我和慕狄互相依偎着,明明外面酷热难耐,可是我和慕狄,却像是置身北极的冰川。

警察在我们静默的等待中,终于来了。

很多人进进出出,爸爸和顾姨的尸体被装进了尸体袋抬了出去,办公室里所有东西都被封锁了起来。我万分庆幸刚刚留了个心眼,将那两封信藏起来了。

我说不上来为什么要这么做,这只是一种直觉,直觉告诉我,那两封信是不能给别人看见的。

警察将我和慕狄带出了慕氏集团大楼。我回头看了一眼,这个庞然大物,有一种就要崩塌的趋势。昔日的繁华,一夕之间就被改写,我不知道前路有什么在等着我。

但我想,不会有更坏的事情发生了,因为现在已经是最糟糕的时候了。

【三】

警车缓缓地往前开,我麻木地看着那些记者扛着摄像机围在警车边。他们拍着车窗,叫嚣着要我解释。我索性闭上眼睛,什么都不去看。

慕狄一直沉默着,从警察来到现在,他一句话都没有说,他就像是一下子丧失了说话的能力,沉默着,像个冰冷的雕像。

我的大脑一片空白,无法思考,根本无法形成完整的思绪。

我不知道自己是怎么挨过来的,等到天空彻底暗下去,我和慕狄被允许回家。

然而当我开着车回到慕家时,却遇见了银行的人,他们拿着文件,要强制收走慕家的别墅和所有资产,因为慕氏集团一夜之间倒台,巨额债务根本无法偿还。要么还清债务,要么从慕家搬走,我只有这两个选择。

"可以给我一个星期的时间吗?"我静静地看着那个人说,"拜托了。"

那人大概是看我和慕狄可怜,也就没有为难我们,说给我们十天时间,然后带着工作人员离开了。

我关上大门,带着慕狄回了家。家里空洞冷清得可怕。一直以来,我以为自己被这个家放弃了,可是直到现在我才知道,最可怕的并不是那些我不被重视的日子,而是现在什么都没有了,回到家只有空洞和寂寞。

"小狄,去洗个澡,然后下来吃饭。"我对慕狄说,"我知道你现在很痛苦、很害怕,但是,小狄,慕家只有我们了,如果连我们都垮了,那么慕

家就真的垮了。"

"姐。"慕狄的眼圈又红了,他声音颤抖,用悲恸的语调说,"爸爸和妈妈……他们真的是自己想不开才……"

"警察是这么说的。"其实警察这么说之前,我就猜到了这个答案。那两封信,我虽然还没来得及看,但无论怎么想,那都只会是绝笔信。

警察调查之后,得出的结论是,爸爸服用了大量安眠药,而顾姨的伤口,也只能是自己割腕造成的,现场除了我和慕狄,没有第三个人进去过。

"现在什么都不要想。"爸爸和顾姨都不在了,我必须支撑起这个已然破碎了的家。

慕狄一言不发地上了楼。我从冰箱里找出了一点面条,煮好后喊慕狄下来吃。匆匆吃了晚饭之后,我进了房间,将那两封被我藏起来的信再次拿了出来。

看着那两封信,我心中五味杂陈,手悬在半空,犹豫了一下,最终先拿起了爸爸写的信。

我拆开信,慢慢地看了下去。

云青:

当你看到这封信的时候,慕家一定已经出事了,我也已经不在了。我知道你一定会有很多疑问,很抱歉,爸爸可能也无法回答你的那些问题。如果可以,就让一切就此结束,爸爸不想让你沾染这些不快乐的事。

我知道你一直都埋怨我,为什么一定要把你排斥在慕氏集团之外。因为爸爸觉得，将慕氏集团的担子压在你身上，这真的太沉重了。女孩子就该活得任性，我不希望你被慕氏集团绑住。

当然或许你不相信我的话，毕竟一直以来，我都没能当一个合格的爸爸。对于这些，我不想去解释，解释就是狡辩，不是吗？

慕氏集团已经无法挽救了，我已经安排好了后面的一切。云青，和小狄好好地活下去，做自己愿意做的事。不能目睹你嫁人，这真遗憾。小狄的十六岁生日礼物，我早就准备好了，在书房的抽屉里，那个小盒子里的就是。

好了，就说这些了，云青，我走了。

爸爸留

看完这封信，我坐在那里很久都无法回过神来，心中有些生气，有些焦躁。

为什么呢？为什么在制造了这样大的麻烦之后，要让我看到这些东西？

就算是对我说这些，我也还是……还是讨厌你啊！

可就算是讨厌，眼泪却怎么都无法止住。

我伸手捂住嘴巴，拼命压抑住哭声。九岁那年，妈妈去世之后，我以为我会憎恨爸爸一辈子，可是最后的最后，我还是为他难过了。

我收拾了一下心情，将顾姨写的那封信拿出来。

对于顾姨，我一直都是讨厌的，只是因为她是慕狄的母亲，所以一直以来，我都尽力压抑着自己的憎恶。很多时候我也非常矛盾，总想着如果没有

顾姨就好了，说不定妈妈不会一病不起。可是如果没有顾姨，那么就不会有慕狄的存在，遇不到慕狄，那又是一件非常遗憾的事。

所以很多时候我都不去想这些事。想了，会耿耿于怀；不想，也就不会有那么多的愤愤不平。

我最终还是拆开了那封信。我不喜欢拖拖拉拉的，既然最后还是会看，那么不如一开始就看了。

平心而论，顾姨的字还是很好看的，虽然我不喜欢她这个人。

信是这么写的——

云青：

看到这封信的时候，你一定很奇怪吧，奇怪为什么我会写信给你。

其实写这封信给你，也不能说是心血来潮，很早以前，我就想好好和你说说话了，但是一直以来，我都找不到这样的机会。已经是最后了，就让我任性一回，用这种方式和你说说话吧！

这么多年了，在云青的眼里，我就是个抢走别人丈夫、破坏别人家庭的坏女人吧。我不为自己辩解，因为我的确是个坏女人，不管是为了什么理由，做出这样的事就不值得被原谅。以爱为名伤害别人，这是最不能原谅的，不仅是云青你无法原谅我，其实我也无法原谅我自己。

当然现在说这些，会显得我很狡猾吧，但就算是这样，也请继续听我说下去。

云青，我是真的爱长天，爱到明知道是错的也愿意奋不顾身追随他。我知道这是错的，我清楚地知道，所以我想，我和你爸爸，死后都是要下地狱的吧。

可是，云青，小狄是无辜的，我知道你其实很关心小狄，所以我选择在最后，将这些话说给你听。

慕氏集团到底发生了什么，其实我也并不知道，我只知道有人在算计慕氏集团，你爸爸其实想过要规避风险，但最后他还是放弃了那个办法。云青，慕氏集团最后这样不光彩地关门，是你爸爸的选择。如果是这样，我也不会再说什么多余的话。云青，好好活下去吧，和小狄好好活下去，以后找一个爱的人，好好在一起。

可能你会觉得有点假，但我是真心希望你能一辈子幸福的。这样我对你母亲的愧疚感，可能会淡一些。

最后，顾姨拜托你，照顾好小狄。

顾明珠留

我拼命忍住将这两封信撕烂的冲动，心中被愤怒填满。为什么一个一个，都要这么任性呢？什么都没有交代就离开了这个世界，将一切都推给我来扛，可是我又要怎么办呢？

我冲进洗手间，拧开水龙头，将脸埋进水中。我一口气憋了很久，直到胸腔仿佛要炸开，我才抬起头来。我大口大口地喘着气。镜子里的我，脸色苍白，毫无生气，一双眼睛通红，水珠顺着脸颊滚落。我伸手抹掉脸上的水珠，然后拿毛巾擦了一下脸。

心情慢慢平静下来了,我将信收了起来,才收好,敲门声就响了起来。

"姐,你睡了吗?"是慕狄的声音,带着一丝小心翼翼。

我深吸一口气,努力让自己看上去没有异常。我打开门,看到慕狄抱着枕头站在门外,他眼睛红红的,很明显是哭过了。这场突如其来的变故,让他慌了神。

换成谁都会这样吧,一夕之间,毫无预兆地,原本的美好都被打破了。

"姐,我睡不着。"他轻声说。

我将他让了进来,他在椅子上坐下,有些惴惴不安地开口:"姐,银行的那些人说,还不上债务,家就要被抵债了,而且这些资产根本无法还清那些债,我们要怎么办?"

"你不要想这些。"慕狄现在是高二的学生,还有一年就要参加高考,我不想让他因为这些事影响了自己的未来,"小狄,要相信爸爸,他不会不为我们打算的。"

爸爸在信上说了,他已经做了安排。虽然一直以来我对他的态度都算不上亲密,但是他说出来的话,还算靠得住。在这种时候,我不觉得他会骗我。

我和慕狄就这么坐了一夜,直到第二天天边泛白。当第一抹阳光照在慕狄的身上,他忽然转过头朝我看过来。

那一刹那,稚气的少年随着暗影死去了,留下来的,是仿佛在一夜之间长大的青年。

他眉眼里的彷徨无措不见了,取而代之的是一抹坚毅,他看着我,轻声说:"姐,以后就只剩下我们两个人了。"

"嗯。"我怔怔地点了点头。

"姐,我是男生,以后不管发生什么事,我都希望能帮姐姐你分担,我不想让姐姐一个人承担所有事情。"他微微笑了一下。这个笑容让我的大脑"轰"的一声巨响。

眼前的这个人,是慕狄,但似乎又并不是慕狄。这样的巨变,让一个少年,在一夜之间长大了。

就像九岁那一年,妈妈死后,我一夜长大一样,我们都在悲痛之中,不得不长大了。看着这样的慕狄,我觉得心疼。

小时候的我,从来都是一个人,没有人抱着我,告诉我不要难过,我也从不期待有人那样做,因为我知道,会对我做这种事的人,已经不在了。

我伸手抱住了慕狄,虽然小时候的我,孤单地长大了,可是我希望慕狄的成长蜕变,有我陪伴在他身边。

不然,就太孤单了啊!

【四】

记者仍然每天守在家门口,他们就像是闻着鱼腥味的猫,一直徘徊着不肯散去。电视里、广播里,到处都在播放着慕氏集团忽然倒台的事。家里的电话线被我拔了,否则电话也不会有片刻的安宁。慕狄的手机也关了机,那些无孔不入的记者,他们总有办法打探出我们的电话号码。

警察是在第二天傍晚来的,他们带着一沓文件和一位律师。

律师告诉我，三天前，爸爸就已经做出了公证，他和我还有慕狄断绝了父女、父子关系，慕氏集团的全部资产都会被拿去抵债，从今以后，C城再也没有慕氏集团了。而我和慕狄，我们一分钱也不能从慕家拿走，但同样，慕氏集团的巨额债务也不需要我和慕狄承担。

我坐在那里，久久不能回神，脑海中不断回响的，是那句断绝关系。

我嘲讽地笑了笑。最后的最后，走投无路之下，爸爸选择用这样的方式来做最后的挣扎吗？他信上所说的，已经做好了安排，就是这样的安排吗？

真是可笑啊，那个人强势了一辈子，到最后，仍然强势地用自己的方式作出了这样的决定。

"你的手机。"警察将我的手机递给我，"顺便帮你修好了，如果需要帮助，就打电话找我们。"

"谢谢。"昨天我一气之下，将手机砸在了总裁办公室里，不知道谁捡到了，修好还给了我。

他说："你父母的遗体，已经可以取回来了。请你……节哀。"

"谢谢。"我微笑着说。

最后的最后，我想保留着身为慕家大小姐的尊严与骄傲，我将他们送到门口，警察先走了，律师却留了下来。

他从公文包里取出了一张保险单递给我，说："这是慕先生买的生命保险。"

我愣住了。

我接过保险单，翻开看了一眼，整个人便僵在了那里。我满心都是不可思议，若非白纸黑字写得清清楚楚，我都要以为自己产生了幻觉。

受益人那一栏里，写着"慕云青"三个字。

不是慕狄，不是顾明珠，是我——慕云青。

为什么？为什么是我？这份从十年前就开始缴纳的巨额生命保险，为什么会填着我的名字？那时候……那时候他不是背叛了妈妈吗？

我用力地深吸一口气，拼命忍住涌上眼底的泪意。

"保险金是不会用于抵债的，这是你的个人财产。"律师轻轻拍了拍我的肩膀，"慕先生比想象中更在意你。"

我完全走神了，连律师是什么时候走的都不知道。

我握着保险单回到家里，坐在沙发上，一个人坐了很久。直到慕狄走下楼打开客厅的灯，我才意识到，我竟然坐了这么久。

"姐，这是什么？"慕狄看到了茶几上的保险单，他拿起来看了一眼，跟着就愣住了，"爸爸一直在买这个吗？"

"是啊，他果然什么都安排好了。"我低低笑了起来。他跟我们断绝了父子、父女关系，将那些沉重的债务从我们身上移开，在最后，留给我一份巨额保险单，这些钱足够我和慕狄平安幸福地生活一辈子。

我不知道是要憎恨他留下这个烂摊子，还是要感谢他给我和慕狄铺好了退路，我已经分不清要对一个死人抱有怎样的感情了。

银行的人又来了一次，他们答应让我们在慕家给爸爸和顾姨办完葬礼再收走慕家的别墅。

爸爸活着的时候，喜欢大场面，什么都要最好的，他走后，我唯一能为

他做的,就是让他在这个别墅里再最后风光一次。

葬礼当天来了很多客人,C城的那些上流人士,全都穿着黑色丧服来跟这个房地产大亨做最后的道别。

谢安昀也来了,不知道是不是我的错觉,我从他脸上看到了一抹担忧。

"还好吧?"他的神色有些别扭,伸手摸了摸额前的头发,没有看着我的眼睛问我。

"多谢关心。"果然还是那个谢安昀,总是很别扭的样子。

"嗯。"他含糊地应了一声,然后转身走开了。

各种各样的目光停留在我的身上,我没有去看那些人。大概过了今天,再也不会有人愿意这么看我了吧!

我看了一下,葬礼上没有龙家人来,我这才意识到,我已经三四天没有和龙曦联系了。虽然我们也并不是每天都会联系,但三四天不联系,这还是第一次。

那天警察将手机还给我之后,我因为一直在忙,根本没有心情去开手机,龙曦的事也暂时被我抛诸脑后。

正当我想着龙曦的事时,有个人走到了我身边,我抬起头看了一眼,是舒贺年舒伯伯。

我打了声招呼,他略微点了下头,表情不怎么热络。

也是啊,我拒绝了舒明朗,他有理由对我冷淡的。我心中有些茫然,不知道他来找我做什么。

舒家在C城也是排得上号的名门,舒家主要从事旅游业,旗下酒店、旅行社很多，之前爸爸为了一块地，和舒贺年走得很近。

"慕小姐，方便借一步说话吗？"他淡淡地看着我，表情是商人标准的微笑。

我跟着舒贺年走进会客厅，端了一杯水放在他面前，然后在对面的沙发上坐下。

"慕小姐，不知道慕先生有没有对你说起过一件事。"他缓缓地从口袋里掏出一张纸放在了茶几上。

我低头看了一眼，那是一张欠条，字迹的确是爸爸的。欠条的内容，是爸爸借了舒贺年两亿元。

"律师应该说过，我已经和我爸爸断绝父女关系了。"我压下心中的怒意，克制着自己的情绪。

"是这样没错，但是，慕小姐，慕先生留下了一笔巨额保险金吧，如果这笔钱被那些债主知道了，你觉得你和你弟弟还能有平静的生活吗？"舒贺年有恃无恐地说。

我顿时就怒了，低喝道："你威胁我？"

"慕小姐，我给你三天时间考虑。"说着，他将一张写着地址的名片丢在了茶几上，"考虑清楚了就来找我吧。我希望慕小姐可以好好考虑，可不要作出错误的决定。"说完，他站起来就要走。

"等一下！"我急忙唤住了他。

"还有事吗？"舒贺年的神情像只狡猾的狐狸，"慕小姐现在就作好决定了？"

"我爸爸为什么会欠你这么多钱?"两亿元不是小数目,尤其这还是爸爸私人借的,不是以公司的名义,怎么想都不对劲。舒贺年为什么会借给爸爸这么多钱?

"想知道吗?"他冷笑一声,"想知道,就带着钱来找我吧。"说完,他不再逗留,推开门走了出去。

我看着桌子上的欠条和地址,心中很恼怒。我想撕烂这些,可是我的确害怕舒贺年说出保险金的事。虽然法律上我的确不需要偿还爸爸的债务,但是在金钱面前,有时候法律并不管用。尤其那些债务,都是我无法偿还的巨款。

我的手紧紧握成拳头,我想大声喊叫,可是我不能,我必须忍耐,必须不动声色,因为我是慕家大小姐!

我将这两样东西收了起来,然后整理了一下仪容,走出去送客。

当最后一个人走出慕家大门,整个慕家顿时安静下来,院子里狼藉不堪,没有人打理,这里就不像个家了。

我仔细地打扫着草坪,慕狄拉住我让我不要做这些,我拂开他的手,继续捡地上的垃圾。慕狄站了一会儿,然后和我一起将那片草坪打扫干净了。

不只是草坪,我将慕家的每个地方都打扫了一遍,不管怎么说,这里是我生活了二十年的家啊。

"姐。"慕狄低声喊我。

"小狄,记住这里,好好地记住。"

记住,永远不要忘记,因为过了今天,我们就再也回不到这里了。

第五章 Chapter 05
骄傲的少年

当初我还是一个天真而又爱哭的孩子,十年之后,终于明白,只要全力以赴就无所谓失败,我是那个骄傲的、默然爱着你的少年。

【一】

C城的夏天,原来是这么的燥热。这是在我带着慕狄搬到一处老旧的小楼之后,最深刻的认知。

这栋小楼很陈旧,但好在清静,我花了一些钱将这里买了下来,又带着慕狄去了一趟建材市场,买了些必要的家具,将这里收拾得像个家了。

"这个房间,就用来做小狄的画室吧。"推开窗户,可以看见外面郁郁葱葱的花草树木,我回头对慕狄说,"一会儿出门,去买新的画具。"

慕狄的目光闪了闪,他说:"姐,我不想画画了。"

我按在窗户上的手僵在了那里:"为什么?别说这种话,你不必担心的,爸爸留下了保险金,足够我们生活了。"

"我是认真的。"他低下头,躲开我的视线,"我不想继续画画了,所以，不用去买画具了。"

我还想再说什么，然而慕狄转身走开了，我下意识地追上去。慕狄跑得很快，他将自己关在另一个房间里，我伸手想去推门，却听见门内传来极其压抑的哭声。

我在门外站了很久，最后转身朝外走去，心里难受得厉害。那压抑的哭声，仿佛是在我的灵魂深处响起来的，哪怕是爸爸死掉，我都没有像现在这样难过。

我比谁都知道，慕狄非常爱画画，我曾经想要守护他的梦想，可是最后，他却告诉我他不想画了。我知道的，他是在担心吧，担心钱不够用，哪怕他明知道爸爸留下了一笔保险金。

我心中始终压着一块石头，距离舒贺年和我说的三天时间，也只剩下了明天最后一天。这两天我也试着去找过爸爸的朋友求助，但是无一例外，我都吃了闭门羹。

我拿出手机，这些天来，找我的人数量骤减。事到如今，慕家大小姐的身份已经毫无意义，没有人愿意和我扯上关系的。

我翻看手机联系人，想看看还有哪些人可以求助，手指从那些名字上滑过，最后停在了"龙曦"这两个字上面。

已经六天了，从爸爸出事那天起，一直到今天，龙曦都没有联系过我。

我几度想要按下拨号键，却都在最后一刻忍住了，有一次我都拨出去了，又飞快地按下了挂断键。慕家现在已经落魄成了这样，还面临着巨额债

务，如今的我，要怎样去找他？

我是落入泥潭的繁星，他是九天之上明朗的白月光，现在的我……要怎么去找他呢？

龙曦，身在国外的龙曦，他是不是知道了C城的这场变故？因为知道了，所以没有联系我？心中不是没有猜疑，他的杳无音讯，我其实真的非常在意。

要联系他吗？我心中很矛盾，我相信龙曦不是那种人，他不会因为慕家的变故而选择放开我的手，我愿意相信他。

我一咬牙，直接按下了拨号键。不管怎么样，至少我想听到他的声音。

然而这通电话没能拨通，电话里冷冰冰的女声提示对方已经关机。

我放下手机，说不清是松了一口气还是怅然若失。或许是他把手机落在了什么地方，又或许是忘记充电了吧。这么想着，我决定晚上再打一个电话给他。

只是出乎我意料之外，不管我什么时候打，龙曦的手机都是关机提示。我心中有些不安，龙曦是不想接我的电话，还是他出了什么事？

我暂时压下心中越来越浓的困惑，眼下我必须想办法解决舒贺年的两亿元巨额债务。爸爸留下的保险金全部兑现只有一亿元，这离两亿元的债务还差了一半。我完全相信舒贺年从我这里要不到钱，肯定不会让我和慕狄安生的。

可是能找的人我全都找过了，这个时候所有人都对我避之不及，又怎么可能有人朝我伸出援手？

我握着手机走回屋内，慕狄坐在椅子上，正在发呆，见我进来，便站了起来。

"姐，是不是发生了什么事？"大概是察觉到我的脸色不太好，慕狄问我。

我摇了摇头："没有，什么事都没有。"

"姐，我说过的，无论发生什么，我都想和你一起承担。"他的眼神很坚定，表情很认真。

我对他笑了笑，轻声说："小狄，真的什么都没有发生。"

慕狄没有继续问下去，我暗地里松了一口气。他还不知道舒贺年威胁我的事。我不想让他知道这些，他还只是个孩子，我希望他可以活得轻松一点。这些沉重的东西，我会帮他扛着，一直扛着，扛到我扛不动或者再也不需要我去扛的时候。

我是这么用力地想要保护好慕狄，可是第二天一大早，我却接到了一个电话。

来电显示是慕狄。我一边开门一边接起了电话。我心中有些不解，都在家里，慕狄为什么要打电话给我？

"小狄？"我喊了一声。

"慕小姐，你好啊！"然而电话那头却不是慕狄的声音。

我停下脚步，浑身惊出了一身冷汗。电话那头的声音很陌生，带着一丝

阴毒狠辣,我仔细回想了一下,确定没有听过这个声音。

"你是谁?为什么这部手机在你手里?"我很快镇定下来。越是不了解状况,越是不能心慌,这是我从小到大养成的习惯。

"慕小姐,我是谁不重要,重要的是,你手上的一亿保险金。"那人怪笑了一声,"如果不想你弟弟死,就带着钱来赎人,否则……"

"我怎么知道你是不是在骗我,我要听我弟弟的声音。"我心中"咯噔"一下,说不慌张是骗人的,这个人为什么会知道保险金的事?

还有,昨天晚上我明明是看着慕狄回房间的,为什么他一大早不在家,还陷入了危险之中?

"信不信由你。但是,慕小姐,你不要后悔哦。"电话那头传来一声冷笑。

我还要说什么,电话已经被挂掉了。我在家里找了一圈,没有慕狄的踪影,我心中越发着急,担心慕狄出事。

就在这时,传来了一阵敲门声。我忙去开门,以为是慕狄回来了,可是打开门,外面却什么都没有,唯独地上有一个信封。

我捡起来,信封上什么都没有写,我抽出里面的信纸,只看了一眼,我的瞳孔就蓦地收缩了一下。

那纸上印着慕狄的照片,他闭着眼睛,嘴角有一丝血痕,照片下面是一个地址,从地址来看,那是一个很偏僻的郊外。

心脏剧烈地跳动起来,我必须大口大口地呼吸才能让自己保持平静。一直以来，无论是怎样糟糕的情绪，我只要这么做最后都能平静下来，可是这一次不行，我怎么样都平静不下来，巨大的恐惧充斥在心里。

我能感觉到，有一只可怕的罪恶之手在朝我压来，可是我回头去看却什么都看不见，这让人抓狂，让人心生惧意。我知道有人在对付慕家，可是我不知道那个人是谁，因为未知，所以叫人害怕。

我想起了舒贺年，爸爸葬礼那天，他用保险金威胁我还债，会不会是他搞的鬼？但是这样说不通，如果是他，应该不可能只要保险金，他会要更多的钱的。

可是，不是舒贺年，又会是什么人？

我心中很乱，跑进房间，将存着保险金的那张银行卡拿了出来。我现在管不了太多，我必须先确定慕狄是安全的，舒贺年那边我已经顾不上了，虽然今天也是舒贺年给我的最后一天。

我走到家门口的时候，有个意料之外的人出现在了我的眼前。

我望着跑得气喘吁吁的那个人，有那么一瞬间，我没有反应过来。

"谢安昀？"

是的，忽然出现在我面前的人，正是每次见了我都会嘲笑我、挖苦我的谢安昀，他为什么会在这里？

我搬到这里来，根本没有人知道。我特地选了这个地方，就是因为这里比较偏。我和慕狄现在处在风口浪尖，暂时住得偏僻一点，避避风头也是好的。

"慕云青。"他满头是汗,像是急匆匆赶过来的,"你还真是让人难找。"

"你找我做什么?"我现在没有时间去管谢安昀,虽然我住得偏,但是真的有心要找我,也并不是找不到的,比方说那些绑架了慕狄的人,他们就知道我住在这里。

"我有很重要的事要做,没有时间招待你。"我反手关上门,抬脚就往前走。

然而谢安昀一把抓住了我的手腕,我惊得回过头来,不明白他要做什么。

"你现在很缺钱吧?"他喘着气对我说。

"你是来取笑我的吗?我的确很缺钱,但这似乎和你没关系吧。"我的这句话几乎是脱口而出。因为一直以来,谢安昀给我留下的印象,就是抓住每一个机会挖苦我。

"你觉得我是特地来做这种事的?"他目光一闪,神色似乎有些受伤,我这才意识到,我刚刚的话有些过分了。

"抱歉,我实在是赶时间。"我怕我多耽搁一分钟,慕狄的危险就会加重一分。

"急着去见舒贺年吗?"谢安昀冷不丁地说出了这句话。

我心中很是惊愕,谢安昀为什么会知道舒贺年的事?我不认为舒贺年会把这种事拿出去到处说,他的目的是让我还钱,他不会傻到让全天下都知道爸爸给我留了一笔巨额保险金的事。

"你都知道什么？"我看着谢安昀的眼神不由得带了一丝防备。谢安昀为什么会知道得这么清楚，这似乎只有一个解释，那就是谢家在背后搞了鬼，如果是那样……

【二】

谢安昀以为自己已经做好了足够的心理准备，可是当看到慕云青眼底的防备和敌意时，他的心脏仍然不可控制地疼了一下。

他心里发苦，偏偏脸上还要假装不在意。

也是啊，一直只会冷嘲热讽的人忽然在对方落魄的时候出现了，谁都会有这样的想法吧，要么是来落井下石的，要么是来看笑话的。

"是舒贺年来找过我爸。"谢安昀强忍着心中翻涌的情绪，用最正常的语调说，"我无意间听到的。你最近去找人借钱的事，我也有所耳闻。"

"所以，你是来做什么的？"慕云青眼中防备之意终于淡了一些，她是个很冷静聪明的人，她需要一个理由，一个不怀疑谢安昀的理由，谢安昀知道。

"你是龙曦的女朋友，我是龙曦最好的朋友，我来这里，当然是来帮你的。"谢安昀自己都分不清，他说这句话时的心情到底是怎样的，嘴里有些发苦，心里也是苦涩的。偏偏在慕云青面前，他不过是每次出现都会找麻烦的路人甲，他连正大光明地为她担心的资格都没有。

提到龙曦的时候，慕云青的目光闪烁了一下，谢安昀并没有捕捉到。

"你要怎么帮我？"慕云青看着谢安昀问。

"你需要什么帮助，无论什么都可以。"谢安昀直接给出了自己的承诺，慕云青似乎有些意外，她看着谢安昀，眼神深邃，也不知在想着什么。

"我可以相信你吗？"慕云青盯着谢安昀的眼睛，她已经没有别的办法，现在她找不到人求救，她不敢报警，怕激怒绑匪。谢安昀和龙曦是好朋友，这个理由让她想要试着去相信谢安昀。

"你可以。"谢安昀很认真地点了点头。

慕云青不禁苦笑了一下，事到如今，竟然是谢安昀也只有谢安昀站出来，对她伸出援手，给出了那么沉重的承诺。

"你是怎么来的？"慕云青问。

"开车，车进不了巷子，停在巷子口。"谢安昀答道。

慕云青将那张写着地址的纸递给了谢安昀："带我去这里，我弟弟被人绑架了，我必须赶去救他。"

"好。"谢安昀没有耽搁，他比慕云青更明白，这种豪门绑架，若是晚了一步，很可能酿成人命，因为敢绑架豪门人质的，基本都是一些不怕死的亡命之徒。他们在赌命，但他们也惜命。

上了车之后，他猛踩油门，慕云青坐在一边，因为紧张，双手紧紧地握在一起。

忽然一声轻微的手机嗡鸣传来，她低下头看了一眼，是一条短信，她急忙点开，短信是慕狄发来的，上面只有四个字："龙家，小心。"

她飞快地回拨过去，可是慕狄的手机已经打不通了。

"怎么了？"注意到慕云青的脸色急变，谢安昀回头看了她一眼。

像是害怕被他看到手机，慕云青下意识地将手背在了身后。

"没什么。"慕云青摇了摇头说。她心中却远不如表现的这么淡定，事实上那条短信让她心中翻涌起了惊涛骇浪。

这条短信是怎么回事，是谁发的，绑匪吗？应该不会，绑匪不会发这种短信。

"龙家，小心"，这四个字到底是什么意思？

如果这是慕狄发的，那么他想告诉她什么？让她小心龙家吗？怀疑就像是洪水猛兽，有了苗头就会迅速蔓延开来。

她想起一进入暑假，龙曦就和爸妈去了美国，那之后慕家忽然出事，龙曦没有再联系过她，葬礼那天，C城的上流人物都来了，龙家却一个人也没到场。

她从未怀疑过，可是现在因为这条短信，无数个为什么如同蚂蚁啃咬一般，侵蚀着她的心。

"能再开快点吗？"这种焦躁的心情让她觉得现在的车速真的很慢，她要快点见到慕狄，救出他，然后问一问他那条短信到底是什么意思，他知道了什么，龙家到底是不是慕家倒台的幕后黑手。

"好。"虽然已经是最快速度了，但谢安昀还是应了一声。

他知道刚刚有人发了短信给慕云青,难道是龙曦?谢安昀下意识地否定了这个想法,尽管他已经接受了慕云青和龙曦才是一对的事实,可是潜意识里,他仍然不希望他们两个人有交集。

可是这种时候,除了龙曦,大概也不会有人发短信给慕云青了吧!谢安昀的嘴角露出一个苦涩的笑。他将这些思绪都抛诸脑后,他知道现在不是纠结这个的时候。

他将车开到最快,好在这个时间路上行人稀少,并没有出什么意外。很快,慕云青给的那个地址就近在眼前了。

那是个废弃的仓库,原本是用来堆放煤气罐的。慕云青和谢安昀一起走了过去,然而让人意外的是,这里并没有人。慕云青再次比对了一下地址,确定是这里没错。

慕云青将仓库里里外外找了一遍,遗憾的是慕狄并不在这里,只有地上被踩灭的烟头告诉她,这里的确有过人,甚至那些人在他们到达前不久才离开。

慕云青不甘心地拿起手机拨打了一遍慕狄的电话,意料之内,电话是关机状态。

她此时的心情越发焦急起来,绑匪之前联系她用的是慕狄的手机,这就说明现在她彻底失去了慕狄的消息!

"我们报警吧,云青。"谢安昀觉得事情变得更加棘手了,他知道慕家忽然倒台是有一些内幕的,他查了几天,却发现有一股神秘的力量在阻止他查下去。现在慕长天和顾明珠刚死，葬礼才过去三天，慕狄又失踪了，怎么想这件事都很蹊跷。

"现在不能报警。"慕云青很快冷静下来，现在报警毫无意义，因为绑匪的信息她一无所知，只有那一封写着这个仓库地址的信，她来的路上反复确认过，信上根本没有一丁点能够查到凶手的信息。

现在报警，只可能激怒绑匪，他们要钱，只要他们还想要钱，就一定会继续联系慕云青的。

"那要怎么做？"谢安昀问道。

慕云青也不知道要怎么办。就在这时，慕云青的手机响了起来。她拿起来看了一眼，打来电话的是舒贺年。

慕云青接通。

"慕小姐，今天是第三天了，不知道你考虑得怎么样了？"

"我能问你一个问题吗？"慕云青觉得舒贺年这个电话打的时间太巧了，巧到她再一次对舒贺年起了疑心。慕狄被转移走了，舒贺年就打来电话问她是否想好了，她完全有理由怀疑，舒贺年绑架了慕狄。

"什么问题？"舒贺年此时正舒服地坐在沙发上，他对面坐着一个中年男人，那男人五十岁上下的年纪，手里把玩着一部手机，如果慕云青看到了，一定会震惊地发现，他拿的手机是慕狄的。

"我弟弟是不是你绑走的？"慕云青质问道，"没有这么巧吧，巧到你如果说你不知道，我会很困扰的。"

"呵呵。"舒贺年冷笑一声,"我的确知道你弟弟在哪里,不过请不要误会,你弟弟并不是我绑走的,相信我,我不会做那种事,那对我没有任何好处。"

"要怎样你才肯告诉我,我弟弟的下落?"慕云青沉声问,"你要的两亿我没有。"

"那就把慕先生的一亿保险金给我吧,剩下的一个亿,我就不为难你了,怎么说慕小姐也曾叫过我一声舒伯伯。"舒贺年说,"怎么样?成交的话,你就来舒氏集团找我,拿到钱,我自然会告诉你慕狄的下落。"

"好。"慕云青强忍住质问舒贺年为什么要这么做的冲动,她放下手机,拜托谢安昀送她到舒氏集团去。

"是舒贺年干的?"谢安昀有些意外,他知道舒贺年在追着慕云青要债,但是他没有想过舒贺年会狠到绑架慕狄。

"现在还不知道,如果是舒贺年干的,他不会绕这么大的弯子。"如果是舒贺年,他会直接要求她给钱,而不是让她到这里来。但就算不是舒贺年,也一定和舒贺年脱不了干系,慕云青很肯定。

眼下,她最先要做的事,就是救出慕狄。她不知道慕狄到底为什么会被绑架,她有很多问题要问慕狄。

谢安昀在舒氏集团大门外停下车,慕云青没有让谢安昀跟着。她不想让谢安昀牵扯进来,她直觉这一切背后的势力一定非同小可,慕氏集团在C城根基那样深,却也被人一夕就整垮了。

她一个人去找舒贺年。舒贺年办公室里只有他一个人在，慕云青将卡丢在他面前，直截了当地问："慕狄在哪里？"

舒贺年拿过卡在手里把玩，他上上下下打量着慕云青，忽然笑了起来："其实，云青，这笔钱舒伯伯也可以不要，明朗一直挺喜欢你的，如果你愿意，我甚至不在意慕家已经没有了……"

"谢谢了，但我没有兴趣。我弟弟慕狄到底在哪里？"慕云青打断了舒贺年的话，她不想听他废话下去。

舒贺年被慕云青打断了，也不恼，他从抽屉里抽出了一张小卡片，那上面是一个打印出来的地址。他将卡片递给慕云青："虽然我的解释有点假，但我还是要说明一下，慕狄不是我绑架的，这张卡片是有人用快递的方式寄给我的。相不相信，随便你。"

慕云青接过卡片，她当然是不相信舒贺年的话的。她走到门边回过头，冷冷地说道："最好真的是这样，如果我发现这一切是你在背后搞鬼，我是不会放过你的。"

"那我就等着那一天了。"舒贺年有恃无恐地说道。

慕云青转身走开了。

一会儿后，那个中年男人从里间走了出来。

"你就不怕吗？"舒贺年微笑着问了一句。

"怕什么，没做过的事，不需要害怕。"那中年人一扬手，将慕狄的手机丢进了垃圾桶。只要没有证据，就不能断定是谁做的。

慕云青是不可能找得到任何证据的，就算她有怀疑对象，甚至能肯定是谁做的，但她没有证据，就都毫无意义。

【三】

慕云青以为父母双亡，已经是她这辈子遇见的最惨烈的事了，可是老天爷似乎觉得她还不够惨，于是想尽办法让她更加惨烈一些。

她循着地址找了过去，这一次地址没有错，绑匪也没有将慕狄转移，她轻而易举地找到了慕狄，可是她找到的，是倒在血泊之中的慕狄。

又脏又冷的地上，血染红了一大块地方，慕狄就躺在血泊中，他像是身体里的每一滴血都流尽了，苍白到近乎透明。

慕云青难受到胃开始抽搐，她转身用力捂住自己的嘴巴，一声哽咽溢出嘴角。那一瞬间，她失去了动弹的能力，她就这么站着，然后忽然朝前倒去，"砰"的一声摔在了地上。

那一刹那的情绪太过汹涌，慕云青的承受能力终于崩溃了，她因为伤心过度直接晕厥过去。

谢安昀一直在外面等着慕云青，此时听到响声连忙跑进来。当他看到倒在血泊中的慕狄时，脑中也是一片空白。他蹲下身去拍了拍慕云青的脸，然而慕云青却没有醒过来。

谢安昀当机立断报了警，警察来得很快。因为慕云青昏过去了，所以谢安昀先带着慕云青去了医院。等到慕云青醒过来时，警察已经得出了结论。

现场除了慕云青和谢安昀的脚印之外，就只有慕狄一个人的脚印，一切痕迹都表明，慕狄是自杀的，凶器是一把美工刀，而伤口的方向和位置，怎么看都是慕狄自己造成的。

谢安昀以为慕云青会说出慕狄被绑架的事，但很意外，慕云青并没有那么做，她咬紧牙关接受了这个说法。在所有人眼中，慕狄完全有自杀的理由，慕家忽然倒了，锦衣玉食的生活没有了，前路一片黑暗，外加还有巨额债务，怎么看下辈子都会生活在苦难之中。

"为什么你不辩解？"谢安昀不明白。

"你什么都不需要知道，谢谢你帮我这些。"慕云青并没有跟谢安昀解释，当警察告诉她那个结论的时候，她就放弃了告诉警察慕狄被绑架这件事。现场没有留下任何痕迹，她也拿不出任何证据来证明慕狄是被绑架的，就算说了，这个结论也依然不会改变。

慕云青的手机忽然响了起来。她拿起手机看了一眼，紧接着她的神色蓦地一变。谢安昀从她的神情里看出了一丝惊愕。她飞快地接起电话凑近耳边，第一句话就是："你去了哪里？为什么不接我电话？"

谢安昀顿时就知道了，这通电话一定是龙曦打过来的。

他轻轻地走出病房，将门关上了。

打来电话的的确是龙曦，那个已经和慕云青失去联系长达十天的龙曦！这十天里，慕云青的世界天崩地裂，沧海桑田，一切都变得面目全非。

"对不起，之前手机丢了，才找到。"龙曦的声音响在耳边，慕云青眼

睛一热,两滴滚烫的泪珠滴在了手背上,"云青,对不起,对不起,我才知道慕氏集团的事。"

"我找不到你,怎么都找不到你。"所有的委屈,所有的情绪,在这一声对不起中,彻底爆发出来,眼泪绝了堤,怎么也收不住。这十天来,她看上去很平静,可其实心里早就翻江倒海。

但是她必须坚强,如果她哭了,她就无法再站起来了,她知道的。

可是龙曦的声音,让她的平静瞬间崩塌,因为在她的心底,早就把龙曦当作了这辈子能够并肩前行的人啊。

"对不起,对不起,我不会再让你找不到了。"龙曦的声音带着浓浓的情意,他和慕云青一样,是个感情很内敛的人,此时纽约的一座摩天大楼里,龙曦站在窗户边,俯瞰这座灯火如昼的城市,"没关系的,云青,我会尽快赶回去,你等着我,你要相信你不是一个人,你还有我。"

"龙曦。"她哽咽着说,"小狄死了,小狄也死了……"

龙曦的脸色蓦地一沉,眼中闪过一道锐利的光,他握着手机的手因为用力而指节泛白:"我很快就回去!云青,我们一起找出幕后凶手。云青,你一个人不要轻举妄动,你一定要等到我回来!"

"好,我等你。"尽管慕狄发出了那样的短信,尽管龙家非常可疑,可是龙曦这么说了,慕云青就相信了,甚至连一刹那的犹豫都没有。

她相信得是那么坚决,那么果断,因为她知道,龙曦一定不会做出伤害自己的事情。

"云青，不管发生什么，我都不会丢下你不管的。所有伤害你的人，我一个都不会放过。"

龙曦的眼神阴沉得可怕，那个沉着冷静的姑娘，现在一定很痛苦吧。他那么珍惜的人，竟然有人让她那么难过。无论要付出什么代价，他都会将幕后黑手揪出来的。

"我等你。"慕云青扭头看向窗外，她紊乱的心跳和呼吸都渐渐平静了下来。她告诉自己没关系，她还有龙曦——她也只有龙曦了。这泱泱世界，她只有一个他了。她又怎么会不相信他，又怎么会不等着他？

慕云青回了家，她将慕狄葬在了爸爸的墓旁。她站在那里好久好久都无法平静下来。她想起爸爸和顾姨的信，那两封信里的每一个字都变得无比沉重。他们都选择在最后将慕狄托付给她照顾，可是她根本没有照顾好慕狄，她觉得自己如今还能平静地站在这里是一个奇迹。

她发誓一定要查出幕后黑手，给慕狄的死一个交代。慕家倒台，她甚至都没有这么愤怒。那是慕狄啊，那个唯一一个在她的人生中，在她最寂寞最无助的时候，温暖过她的少年。

他还没有过十六岁的生日，爸爸给他的礼物她都还没有来得及送给他，他明明那么爱画画，却为了她放弃画画，他怎么能温柔成那样啊？慕云青用手捂住眼睛，拼命将眼泪逼了回去。

她现在没有资格哭，在找出凶手之前，她不能哭，如果哭，也要等到找出凶手的那一天。

她回了家,明天就是龙曦回国的日子,她要去机场等着他,她迫不及待地想要见到他。

第二天一大早她就去了机场,她等了很久,可是龙曦的身影始终没有出现,她心中稍稍有些焦急,想着他是不是被什么事情耽搁了,又或者是乘坐了下一趟航班。她打了个电话过去,可是龙曦的手机再一次关机了。关机说明他上了飞机吧,她稍稍放松了一点。

然而直到夜色笼罩大地,直到时间的指针指向凌晨一点,直到第二天的太阳升起,龙曦都没有出现。朝阳如霞,映照在玻璃窗上,慕云青从椅子上站了起来。

不知道是坐得太久,还是站得太急,又或者是因为她已经连着几夜没有睡觉了,她站起来的一瞬间,巨大的黑暗覆顶而来,她脑子里"当"的一声,某根弦断裂了。她眼前一黑,接着就什么都不知道了。

谢安昀知道慕云青晕倒在机场的消息时,正和赵胜楠在喝闷酒。因为龙曦要回来了,他的心情并不好过,赵胜楠也算是朋友,谢安昀和赵胜楠在某种程度上来说,也是同病相怜。

他才喝了一半,手机就响了起来,来电显示是慕云青,他心中窃喜了一下,然而还没等他高兴,他就从护士的口中得知了慕云青的消息。

慕云青晕倒在机场之后,是机场人员将她送去了医院,护士是通过慕云青的手机找到谢安昀的。在谢安昀之前,护士也打了好几个电话,但是没有人接，只有谢安昀接听了。

谢安昀不由分说地赶过去时，慕云青还没有醒来，连日来的变故和打击，让本就清瘦的她越发消瘦了，她眼下有很浓的黑眼圈。他知道，她一定好久没有睡过安稳觉了。

他有些心疼地伸手想要去触碰她的脸，然而他的手还未触碰到，她的睫毛就颤了颤，他飞快地缩回手，她睁开了眼睛。

在看到有人立在床边时，慕云青心中涌上一抹惊喜，但在看到那个人是谢安昀之后，一股巨大的失落彻底将她吞噬了。

谢安昀将慕云青的表情变化全都看在了眼里，心脏隐隐作痛。这个时候他甚至有点憎恨自己，为什么自己不是龙曦呢？如果自己是龙曦，她一定不会露出那种失望的表情吧？

如果……让她快乐起来的人是他就好了。他心中忽地跳出了这样的想法。这让他觉得自己真是不堪。龙曦是他最好的朋友，他有这样的想法真是太十恶不赦了。他有些狼狈地从病房里逃了出去，心想，自己或许应该离慕云青远一点。

慕云青回到家之后，很久很久都不知道自己要做什么，她整个人像是一下子被掏空了。这个家空洞得可怕，四处太安静了。一旦安静下来，她就开始想慕狄、想爸爸，甚至是想念早已死去多年的妈妈。

得知龙曦的消息，已经是两天之后，她从电视上得知了龙曦的事。

岁月终将各自美丽

她为什么没有接到龙曦,为什么说好回来的龙曦却不见了,那是因为龙曦在美国出了车祸。当时车上不只有龙曦,还有龙曦的父母,一辆油罐车迎面撞到了龙曦的车,在那场惨烈的车祸里,龙曦一家三口,无人生还。

慕云青呆呆地站着,就这么看着。其实电视上的画面她已经看不清了,泪水填满她的双眼,她颤抖着一点声音都发不出来。原来人在悲伤到极点的时候,是发不出声来的。

紧接着她心口剧痛,仿佛有人拿了一把刀,狠狠地将她的一颗心挖了出来。她猛地蹲下身,双手紧紧抱着自己的膝盖。她张大嘴巴,仿佛灵魂都要随着泪珠一同滚落。

她很想问一句为什么,她到底做错了什么。都说福无双至,祸不单行,可是这样的祸不单行也太过惨烈了啊!老天爷到底要让她被伤到什么程度,失去妈妈,失去爸爸,甚至失去心爱的弟弟,这些都还不够吗?为什么一定要夺走龙曦?那是这个世界上她最后能够依靠的人啊!

他说过的话言犹在耳,他说:云青,我一定会回来的,你等着我。

他说:云青,我不会丢下你不管的。

他说:不管发生什么事,你还有我。

骗子!

龙曦,你是个骗子!

不是说好的,一定会回来吗?为什么她等到的不是活生生的人,而是这样惨烈的、他已经在三天前就死去的消息!

到底要她怎么样呢？

她真的已经一无所有了，世界这么大，她曾经握在手里的，全都没有了！

她嗓子发紧，眼泪怎么也止不住。她还真是脆弱啊，在二十岁之前，无论发生怎样的事，她都能忍住不哭。而此刻，像是要将前半生积攒下的眼泪都流尽一般，她在盛夏酷热的天气里，哭得像个小孩。

那个总能看穿她的人，已经没有了啊！

那个在月夜携着满身冷风朝她走来的人，已经再也不会来了！

这世上，她最爱的人，最爱她的人，在这个暑假，全都离她而去了。

这真的好残忍啊！

老天爷，你到底要将她伤到什么地步才甘心？她真的已经无法再承受一丝一毫的痛苦了，哪怕是毫毛那么轻的伤害，都会让她彻底崩溃，并且永远也好不起来了。

而此时，看到同样一则新闻的谢安昀几乎是一瞬间抓起了车钥匙。他担心慕云青，要是知道龙曦出事了，她现在该有多难过啊！

他将车开得飞快，像是奔赴一个信仰一样朝她赶去。然而当他抵达她家门外，听到她如同野兽嘶吼般的哭喊声时，他敲门的手停在了半空。

他静静地站在门外，听着她哭着喊着，像是永远也好不起来了般那么难过。

哭吧,慕云青,就这样哭吧,将所有的悲恸和不甘、所有的愤怒和焦虑,全都哭出来吧,哭出来,然后好好走下去。

而他,就在一门之隔的地方,不去打扰她,只是这样陪伴着她。

这就好了。

这样就很好了。

第六章 Chapter 06
故 人 旧 事

习惯在人群中寻找你的身影,回想那些幸福的日子,但其实我明白,我和从前的你,已经分隔很远很远。

【一】

盛夏酷热难耐的午后总是会下一场暴雨,慕云青撑着伞走到公司楼下,有路过的同事和她打招呼,她也笑着回应。

距离那场惨烈的变故,已经过去了整整三年。三年的时间,让慕云青成为了一个更加坚强隐忍的女子。如今的慕云青,穿着一套干练的职业装,高挑的身材越发打眼。她收了伞,将伞放在伞架上,进了电梯上楼,朝自己的办公室走去。

慕云青是一个月前才进入这家公司的。三年前,因为巨大的打击,她有好长一段时间萎靡不振,后来她终于从悲伤中缓过来,大学的课程已经落下了一半。没有办法,她只好一边兼职,一边重新学习了一遍大三的课程,原本去年就能从大学毕业的慕云青,硬是比其他同学多花了一年时间。

三年的时间可以改变很多东西，那时候慕云青觉得自己可能这辈子都无法好起来了。然而不得不说，时间真的是上好的疗伤药，如今她只要不去回忆，不去想那些已经逝去的人，她就能够露出微笑的表情。这些年来，支撑着她一路走来的，是对真相的渴望。

龙曦死后过了一段时间，谢安昀来找过她，闲谈之间，无意中说漏了嘴，他说龙曦的车祸可能不是偶然，而是有人故意动了手脚，那场车祸，说不定和慕家发生的事情有关联。

这种话并不是能随便说的，慕云青直觉谢安昀说的这些，不只是猜测，而是有什么根据，但是她再追问，谢安昀却又什么都不肯说了。

慕云青从谢安昀那里得不到答案，慢慢地也就放弃从他身上找线索了。反正她会去调查慕氏集团倒台的真相，龙家的事她也一定会一起弄清楚的。

如果让她知道幕后的操纵者是什么人，她发誓一定不会让那个人好过，哪怕是同归于尽，她也一定要为她生命中那些重要的人讨回公道！

想到这些，慕云青只觉得浑身充满了力量。这些年来，她不敢懈怠，她到现在还能这样淡定地活着，完全就是凭着心里憋着的那口气。

如果不找出真相，她就哪里都不去。所以哪怕要孤单地在这个世界上继续蹉跎下去，她也会活下去，遍地荆棘，也要活下去。

走进办公室，只见办公室里的人都围在一起，像是在议论什么特大消息。慕云青留意听了一下，好像是在说从法国留学归来的新总裁这几天就会到任。而重要的是，据说新总裁很年轻，还长得非常俊美。这就让公司很多

单身美女坐不住了,这年头,多才多金还长得好的男人真是少见,更何况这个总裁还是单身!

慕云青很快将这件事抛诸脑后,她并不关心这种事。

下午下班的时候,她接到了谢安昀的电话,谢安昀约她一起去喝酒。慕云青没有拒绝。因为最近她的心情并不太好,每年到了这个时候她的心情都好不了。

谢安昀应该是知道这一点,所以这三年来,每到这个时候,他总会约她大喝一通。

说起谢安昀,慕云青就不禁感叹。曾经见了她就冷嘲热讽的谢安昀,竟然是唯一一个对她伸出援手的人。当然他现在面对她的态度,依然算不上多么友好,但是慕云青也发现了,他其实并不是个坏人,他就是这样的脾气。

三年的时间,也让谢安昀彻底蜕变成了一个成熟男人。看到谢安昀,慕云青就忍不住想,如果龙曦还活着,那么现在的他会是什么样子呢?应该还是那么好看的眉眼,还是那么疏离矜持的性格,还是那么喜欢她。

她从头到尾都深信不疑,他会像她爱他那样爱她,因为他是龙曦,是她慕云青看上的人,又怎么会不好呢?

到了约好的地方,谢安昀已经到了,慕云青放下手包,在吧台前的空位上坐下。谢安昀顺手递来一杯威士忌,慕云青低声说了句"谢谢",顺手接过喝了下去。

慕云青到了一会儿之后,赵胜楠也到了。

慕云青看了赵胜楠一眼，并未多说什么。她知道赵胜楠喜欢龙曦。龙曦死后，赵胜楠来找过她。只不过赵胜楠一句话都没有说，她只是静静喝掉了云青给她泡的一杯西湖龙井，然后就起身告辞了。

第二年，谢安昀约慕云青喝酒的这一天，赵胜楠也是不请自来。从那之后，每一年的今天，赵胜楠、谢安昀，还有慕云青，都会在这个酒吧喝一次酒。

因为，三年前的今天，龙曦在美国出了车祸，那个惊艳了岁月的少年，他就这么死在了过去，却活在了他们三个人的回忆里。

喝了一会儿之后，赵胜楠忽然问慕云青："慕云青，你要一个人过多久啊？"

慕云青当时喝得微醺，她看着赵胜楠，忍不住笑了笑："你呢，你又打算一个人过多久？"

"或许很快就不是一个人了。"赵胜楠冲她晃了晃杯中酒，"慕云青，这一次，不要再和我喜欢上同一个人哦。"

慕云青的眼神黯然下去，她垂下眼帘，不想让人看到她眼底的悲伤和绝望，轻声说："不会的，除非你喜欢的那个人是龙曦，否则那种事是不可能发生的。"

"是吗？"赵胜楠将酒一饮而尽，"你要说话算数哦。"她将杯子朝里推了推，朝谢安昀打了个手势之后，转身出了酒吧。

慕云青并没有去看赵胜楠。三年来，她和赵胜楠之间的关系很微妙，算

不上朋友，但又不是陌生人；她们爱着同一个人，因为那个人已经不在了，所以又算不上是敌人。

她看了一下时间，已经不早了，她打算回去了。谢安昀结了账要送她回家，慕云青没答应，他自己也喝了不少酒，根本不能开车，都是要乘出租车的，何必送来送去？

她拦了一辆出租车，报了家里的地址。她没有回头看。如果她回了头，一定会看到谢安昀拦了一辆出租车，远远地跟着自己的那一辆。知道她会拒绝，所以谢安昀选择用这样的方式送她回家。

看着慕云青下了车、上了楼，谢安昀这才让司机掉头。

在慕云青忘记龙曦之前，他想就这样沉默地保护她。

【二】

我没有搬家，仍然住在三年前买下的那座老房子里。三年了，我已经形单影只地生活了三年。走进一个小房间，我推开窗户。盛夏的晚风带着一丝暖意，吹在脸上很舒服，漆黑的天空遍布繁星。曾经就是在这里，我对慕狄说，这里就用来当他的画室。

可是他已经不在了，我后来托人将慕家放着的属于慕狄的那些画都拿了出来，那是我唯一能留住的东西。

我走到其中一幅画前，那是慕狄以我为模特画的，那一年我二十岁，一切都还没有变成面目全非的模样。

我抬起手轻轻触了触那幅画，如果慕狄还活着，那该多好啊！

不知道是不是因为喝过酒的缘故，我的情绪变得格外敏感，只是一点点的感伤，眼泪就要溢出来。

我连忙深吸一口气，关上窗户走出这个房间。我窝在沙发上，迷迷糊糊中睡着了，半夜似乎下了一场雨，我听见了雨声。

第二天醒来的时候，我的脑袋像要炸裂一般，这就是宿醉的后果。我一边揉着脑袋，一边拿着衣服进了浴室。冲了个澡，换上一身干净衣服，已经快到八点了。

来不及吃早饭了，我直接拎起包就出了门。这个时间，公交车非常拥挤，因为现在是上班高峰。到站之后，我走出公交车，燥热的太阳暴晒着路面。这一年的夏天，似乎比往年更加炎热。

我顺着马路往前走，然后走到某个地方的时候，习惯性地回过头。那是一栋豪华的办公大楼，那里曾是慕氏集团，如今已经易主成了王氏房产。

我上班的地方，离王氏房产很近，只隔着一条马路。那栋最高最气派的大楼，就是我所在的3C集团的办公楼。之所以选择这家公司，有很大一部分原因是，这里离曾经的慕氏集团、现在的王氏房产非常近。

慕氏集团倒台之后，我几乎把C城每个大财团都怀疑了一遍，但我都找不到理由和动机。之后我就想，慕氏集团倒台之后，谁获利最大，谁就是幕后的黑手。我一直在注意C城的动向，我在看会是谁出手拿下慕氏集团原本的势力。然而叫我意外的是，C城没有人动慕氏集团，买下慕氏集团大楼，将慕氏

集团曾经的势力全部收编的，是王氏房产。

我很在意王氏房产，总觉得它出现的时机太过微妙。这三年来，我一直在暗地里调查三年前发生的那些事，进展虽然缓慢，但到底让我抓到了几条有用的信息。

我推开公司大门走了进去，才走到办公室，就见人事部总监急匆匆地走了进来。她目光环视一圈，最后落在了我的脸上。

"慕云青。"她朝我走来，一边走一边说，"我记得你是有驾照的对吧？"

"是啊。"我点了点头，不明白她为什么要问这个。

她塞给我一把车钥匙，让我立马就去机场，从法国留学回来的那位新总裁，一个小时后就会抵达C城机场。

办公室里不少和我一样才进入这家公司的女生纷纷抬起头朝我看来，眼神里满是艳羡之色。我一时间有些不明白为什么要让我去接机。要去接的可是个大人物，怎么也应该由人事总监自己去接吧。

然而不等我发问，总监就急匆匆地走掉了。

没办法，我还没来得及放下东西，就拎着包走出了办公室。总监给我的是一辆兰博基尼的钥匙，算起来我已经三年没有开过车了，从三年前慕氏集团破产，所有资产都被收走之后，我出行都是乘坐公共交通工具。

我开着车直接去了机场，到的时候，距离总监说的时间还有一小会儿。我走到接机口，耐着性子等待那个叫沐白的新任总裁。

不知怎的，思绪飘回了三年前，那天我也是在这里等了很久很久，可是我要等的人一直没有来。那之后有一段时间，我都不敢到这里来，若不是今天总监用这种方式让我来接人，我也一定会拒绝她的。

接机口站着不少人，好多都是年轻男女，他们大多是来接他们的恋人的，每个人的脸上都挂着急切与喜悦的表情。那一个个拥抱的身影，让我心中泛起一丝酸涩。我深吸一口气，缓缓地转过头来。

已经到时间了，我手里举着沐白的名牌，同时在人群中寻找着有可能是沐白的人。其实沐白的照片几天前就传回来了，很多花痴小姑娘还将其设成了电脑屏保，因为我对这件事不感兴趣，所以从未留意过他到底长什么样子。

正在我四处巡视的时候，一个穿着黑色衬衫的男人朝我走来。他笔直地走过来，脸上有一丝职业化的笑意。我心中有个声音在告诉我，就是这个人了。

果然，他在我面前站定，低声对我说了一句话。然而我没能听懂他在说什么，因为他说的不是中文也不是英文，而是一句法语，偏偏我对法语一点都不了解。

难道他只会说法语吗？我正打算用英文和他沟通时，他又开了口："你好，你是慕小姐吧？"

"是我，沐总。"我稍稍松了一口气，他会说中文，这真是太好了，"总监吩咐我来接你，沐总现在是去公司还是……"

"麻烦先送我回家一趟。"他说。

我伸手想接过他的箱子,然而他没有松手,看上去像个十足的绅士:"我自己来吧,不能让女士做这种事。"

他这么说了,我便没有坚持。我将车开过来,沐白将行李放进后备厢,在副驾驶位子上坐好。我有些意外,这位新总裁好像非常好相处的样子。

他报给我一个地址,那是C城最豪华的住宅区,慕家曾经也有一处房产在那里,后来被银行收走抵债了。一路上,沐白时不时会问我公司的事,我中规中矩地答了。他似乎对我的回答比较满意,表情始终都是柔和的。

公司的那些小姑娘见到他,绝对会一见倾心吧,无懈可击的长相、媲美模特的高挑身材,加上并不是那种矜持高傲的人,他这种人,很容易俘获小姑娘的心,更何况他还是3C的新总裁。

我将车开进小区,停在了那栋别墅的外面。

我下车帮沐白将行李拿了下来,这一次沐白并没有从我手里接过行李,而是在我前面走到了别墅大门口。他取出钥匙开了门,我将行李放在了玄关处,正打算和他告辞,沐白却开了口。

"稍微等我一下吧,我换身衣服,给我半个小时。"他一边说一边解着袖扣。

我不经意地撇了一眼,却无意间看到他藏在袖子里的手臂上有一块疤痕。

"好。"身为总裁的沐白发话了,我哪里有不答应的道理。他从头到尾都很有礼貌，态度得体。

我在客厅的沙发上坐下。

他打开冰箱，从里面拿出一瓶苏打水递给我："抱歉，助理只放了这个。"

"没关系，这个就可以了。"我接过苏打水，心中却泛起了一丝涟漪，因为龙曦很喜欢喝苏打水。

沐白微微点了点头，转身上了楼。

我坐在楼下，静静地等他下来。

我环视一圈，发现这里的布置虽然很简单但很精致，所有的地方都被打理得干干净净。也是啊，他是总裁，集团肯定会给他准备好住处，3C这样大的企业，不会亏待总裁的，给他配备的一切，都会与他的身份相符。

沐白下来得很快，他洗了个澡，头发半干，黑色的衬衫被换掉了，他此时穿了一件白色衬衫，一边下楼一边系着袖扣。我不经意地朝他看过去，然后就愣住了。

那一刹那，他微微低着头，一边走一边系袖扣的样子，给我一种很强烈的熟悉感，就像是这个画面，我曾经在什么时候见过一样。

我迅速地回过神来，将这种奇怪的念头赶出脑海，沐白刚回国，在今天之前我都不曾见过他。

"久等了。"他的表情带着一抹歉意，"可以出发了。"

他抽出一根领带，慢慢地系在领口，然后拿起一件做工相当考究的西装

第六章 故人旧事 Chapter 06

搭在手臂上。我拿起车钥匙走了出去,沐白关上门,跟着我回到了车里。

我把车一路开出了小区,心里那种微妙的感觉从刚刚浮现之后就一直萦绕在心头。我用眼角的余光打量沐白,之前他一身黑色衬衫,我并不觉得熟悉,可是现在,他换了一件白衬衫,我却总觉得有什么地方不对。

我一路心不在焉,这种状态开车最容易出事,于是在一个红绿灯路口,一辆闯红灯的卡车疾速驶来,我在走神,一时间没有反应过来。

"小心!"沐白急促的声音响在耳边,紧接着我就觉得方向盘被人握住,猛地朝边上打去,与此同时,我飞快地踩了刹车。

车头蹭在了路边的花坛上,那辆大卡车几乎是贴着车屁股疾驰而去。我的心狂跳,那一瞬间我的手脚都在颤抖。我大口大口地用力呼吸,心脏悸动着。刚刚若是沐白反应慢一点,可能那辆卡车已经将我们撞飞了!

"对不起……"话出口之后我才发现自己的声音颤抖得厉害,从后视镜可以看到,我的脸色糟糕极了。一种巨大的恐惧感攥住了我的心,我甚至觉得无法呼吸。

那一年在听闻龙曦出了车祸时的可怕感觉又一次将我笼罩了。这么多年来,我没有再开过车,其实有很大一部分原因,是在于龙曦。

"你没事吧?"沐白皱起了眉。他深黑的眼眸深不见底。我看不清那里面有什么,只是本能地偏过头不去看他。

"我没事,对不起,刚刚是我的问题。"我拼命克制着心里翻江倒海的情绪,试图让自己冷静下来。可是这情绪来得太突然,我无法阻止自己悸动的心跳。我越来越烦躁，胸腔在不停地膨胀，我的呼吸越来越困难，这让我难过得几乎要哭出来。

我什么都阻止不了，浓浓的无力感将我彻底掩埋。这一瞬间，我的灵魂仿佛离开了我的身体，我在冷眼旁观自己的手足无措，我是这么狼狈，脸上早就布满眼泪。

"慕云青！"沐白低低地喊了我一声，他拧动钥匙将车熄了火，再一把揽住我的肩膀将我抱住了，轻轻拍着我的后背，"已经没事了，刚刚不是你的问题，是那个闯红灯的卡车司机的错。不要紧了，已经不要紧了。"

他的声音明明近在咫尺，我却觉得那是从天边传来的。

沐白见我仍然颤抖不已，便将我松开，打开车门走了出去，绕到车的另一边将我从车里拉了出来。

现在已经接近正午，路上行人稀少，白花花的太阳炽烤着大地，一股热浪几乎将我吞没。整个世界都是白花花的光，因为泪水模糊了我的双眼，我几乎看不清这个世界了。

沐白将我拽到了树荫下面，然后从路边的商店里买了一瓶水，拧开瓶盖，将水泼在了我的脸上。

我整个人都怔住了，如同纠缠着我的噩梦被人打断了一样，我混乱不已的思绪终于变得清明。我怔怔地望着他，在清醒的一刹那，我看到他眼底有类似关切的神色，带着一丝隐忍，一丝痛惜，一丝关切，还有一丝欲言又止。这些情绪混合在一起，变成了极为沉重的目光。但那也仅仅只是一瞬

间，快到我以为刚刚是我看错了，是我混乱中出现的错觉。

他将水递给我，我接过来大口大口喝了下去。半瓶水喝下去，我的情绪彻底稳定了下来，身体还隐隐有些发抖，但是那种害怕到想去死的心情已经慢慢地消失了。

"谢谢。"我哑着嗓子说。

"好些了吗？"他的语气是一种恰到好处的关切，不至于太热络，又不至于太生疏。

"嗯，好多了，对不起，让你受惊了吧。"我能想象到刚刚的自己是什么样的，我极少情绪失控，除了这次之外，唯一的一次，是在三年前看见慕狄倒在血泊中的时候。那后来迎接我的是龙曦的车祸，接连的打击，让我害怕想起当时的心情，每一次只要稍微想起，我就会习惯性心悸，并且会呼吸困难。

"不用对我说对不起的。"他抿唇笑了一下。

那个笑容很温暖，有一种奇迹般的治愈人心的力量，那种熟悉感又一次袭上心头。

我用力摇了下头，试图将这种感觉赶走。为什么我会在这个陌生人的身上寻找龙曦的影子呢？我终于明白了那种微妙的熟悉感从何而来，在方向盘被打偏的那一秒，龙曦的身影浮现在眼前。

是龙曦啊，我觉得沐白给我的那种熟悉感，是龙曦啊！

"怎么了？"他低声询问。

"没什么，就是感觉你有一点像我认识的一个人。"我苦笑了一下，觉得自己还真是可笑。事到如今，我还在寻找什么呢？我又试图寻找什么呢？

眼前这个人，无论是长相还是气质，都和龙曦不一样，不过是系纽扣的手势，不过是一个微笑，这种细小的东西，根本无关紧要啊！

我低着头，没有看到沐白在听到我说了这句话之后，后背有一刹那的僵硬。他的眼神猛地一颤，仿佛那里酝酿着惊涛骇浪。

"是吗？"一刹那的异常之后，沐白又恢复了原来的样子，"可能是某个习惯像吧，这很正常。"

"是啊，很正常的。"我知道啊，我明明是知道的。

可是龙曦，我就是忍不住想你。你这个浑蛋，把我一个人留下来了，明明说过不会让我一个人，说过会赶来我身边，为什么偏偏将我一个人留下来了？

"抱歉，车子蹭掉了一点油漆，我来报一下保险吧。"我调整好心态，朝车子走去。

沐白看过车子擦伤的地方，说道："不用了，只是一点点刮蹭，不影响的。不用报保险了，这辆车是集团配给我的。"

"可是……"我看着刮掉漆的地方，心有余悸地回头看沐白。

沐白已经走到了车边，坐进了驾驶室："我说了没事。走吧，你今天就回去休息吧，我给你放假。上来，我送你一程。"

"这怎么行？"我连忙说，"我是来接你的，怎么能让你送？"

"不要紧的。"他对我微微笑了笑说,"上来吧,你是我公司的员工,照顾好员工,也是上司必须做的事,你是要为我们3C工作的。"

"我自己可以回去的。"不管怎么样,我都不能麻烦他送我回家。

"你是要我对你见死不救吗?"他的眼睛里仿佛落进了一抹阳光。

我的心脏猛地一缩,他刚刚说的那句话,龙曦也曾对我说过。他曾说:"我做不到对摔倒在我面前的人见死不救。"

不一样的人,相似的两句话,却让我的眼眶猛地一涩。

"走吧,慕云青。"他很有耐心地等在那里,仿佛我不动,他就可以一直等下去。

"那就麻烦你了。"我拉开车门坐了进去。

"乐意效劳。"他拉过我座位旁的安全带,替我系上了。

这一瞬间,我听见自己的心底传来一声叹息。曾几何时,这样温柔地替我系安全带的人,已经不在了。

不在了啊!

【三】

沐白的车停在了巷子口,我逃也似的从车上下来了。

"谢谢你了,沐总。"我站在车外冲他说道。

"不用谢的。"他微微笑着,将车掉头,然后慢慢地驶离我的视线。

我转身往回走,身上的衣服还有些潮湿,那是沐白为了让我冷静下来,往我脸上泼水的时候沾在衣服上的。我加快脚步走回了家，泡在了浴缸的水里。

我没有看到，沐白的车停在了路边，脸上闪过一丝焦躁。

他一掌拍在方向盘上，或许是因为情绪激动，他手背上的青筋都暴起来了。他在路边歇了好久，直到手机响起来，才慢慢地回过神来。

他接起电话，凑近耳边，脸色随着时间的推移越来越凝重，最后他说了一声"我知道了"，就挂掉了电话。他的脸色阴沉得可怕，眼神里更透着一抹肃杀之气，就像是被唤醒的猛兽一般，让人不敢靠近。

我泡完澡换上一套干净的衣服，拿起手机给部门主管打了个电话。我以身体不舒服为由请了半天的假。主管并没有为难我，甚至还让我在家好好休息。后来我才知道，沐白已经先我一步帮我请了假。

我给自己煮了点面条，吃过午饭，我推开了地下室的门。

地下室里有些暗，我拧开了灯。地下室的一整面墙被我贴了很多零碎的纸片，有的是报纸，有的是杂志，有的是我自己记录的东西。

这些都是这三年来，我一点一点留存下来的线索。

我想要知道杀死慕狄的人是谁，我想知道龙曦的那场车祸到底是不是有人在搞鬼，要知道这些，我必须先弄清楚一件事，那就是三年前，慕氏集团忽然倒台是谁干的。我有一种直觉，只要搞清楚了最初的这个问题，那么害死慕狄的凶手以及制造龙曦车祸的人，就会暴露在阳光下。

这面墙上，有一半的信息是关于王氏房产的。

据我所知,王氏房产原本是W城的知名房产商,在慕氏集团倒台之前,并没有要踏足C城的迹象。当然,如果只是这样也不足以让我产生怀疑。

巧的是,我还查到,在慕氏集团出事前大概半年的时间里,王氏房产的董事长兼总裁频繁来往C城,这就很耐人寻味了。而更叫人在意的是,王氏房产总裁王陈锋和舒贺年往来密切,两人颇有交情。

巧的是,最后给我地址找到慕狄的人就是舒贺年。这些线索摆在我面前,如果我还看不出这一切的背后就是王氏房产在搞鬼,那么我的智商就真的值得怀疑了。

怀疑上王氏房产,是在慕氏集团倒台一年之后.这两年我一直在想办法找确凿的证据,因为只有把证据都找出来,我才能将伤害慕狄和龙曦的人亲手送进监狱!

这些年来,我就是靠着这股执念一步一步走下来的。

我在地下室里待到很晚,出去的时候,天早就黑了,我上了床,决定好好休息一下。这几天我都处于极度的疲惫之中,不管身体还是心理,全都疲惫到了极点。

然而这一夜我睡得并不安稳。

我做了个梦。

这三年来,我一次都没有梦见过的龙曦,他终于出现在了我的梦中。

梦里雾蒙蒙的,我坐在山顶,往前一步就是万劫不复的深渊,龙曦就坐在我的身边,他独有的那股矜持高贵,被大雾晕染得越发冷清,但他看着我的时候，眉眼里的笑温柔极了。

"云青。"他看着我，轻轻地喊我的名字。

我伸手去触碰他，指尖是有触觉的，我说："龙曦，你去哪儿了啊？为什么这么久才来看我？"

"我回来了啊，云青。"他张开双臂抱住了我，身上有好闻的淡淡的香水味，是属于龙曦的香水味。

我安心下来，什么都不重要了，哪怕此时陪着他一同跳下面前的万丈深渊，我也甘之如饴。

"云青，我回来了，我哪儿也不去了。"他低声说，"哪儿也不去，就在这里。云青，我很想你。"

"我也想你啊，龙曦。"我喃喃着，胸腔中像是压着一块海绵，泡了水，沉沉的，压得我有些透不过气来。

我缓缓睁开眼睛，这才意识到我做梦了。我抬起手，梦里的触觉仿佛还留在指尖，可是我的眼前，什么都没有。我屈起手指，试图抓住一点什么，然而我能抓住的，不过只是自己冰冷的指尖。

这就是日有所思，夜有所梦吗？因为昨天见到沐白，生出一刹那的错觉，所以才会梦见龙曦吗？

我苦笑着从床上爬起来，洗漱完了之后，随便吃了点东西就去上班了。我到公司的时候，意外地遇见了一个人。

是赵胜楠，她穿着一身得体的工作套裙，见到我之后，冲我略微点了下

头算是打了招呼。

"你怎么会在这里？"我甚至怀疑她是不是来找我的，但我和她之间，似乎也没有什么好说的。

"从今天起，我也在这里上班了。"她朝我递过来一只手，"以后大家就是同事了。云青，请多多指教。"

"原来是这样，还真是巧。"我伸出手与她握了握。

我心中有些困惑，我记得公司最近并不招人，赵胜楠会去哪个部门呢？我的疑问很快得到了解答。当沐白走进来的时候，赵胜楠抱着一沓文件跟了上去，她是作为总裁助理进入3C集团的。

赵胜楠比我高两届，我因为重读了一年大三，所以赵胜楠已经有了三年的工作资历，她可以成为总裁助理，这并不奇怪。

沐白看到了我，冲我略微颔首，我冲他笑了笑。

沐白转过身去，我的笑容瞬间凝固在了脸上。

我为什么要笑呢？为什么他对我颔首，我就下意识地对他微笑了？

脑海中再一次浮现出龙曦的样子。

在除夕夜那天的晚宴上，因为谢安昀的缘故，龙曦朝我走来，当时他就是这样朝我颔首，我回给他一个微笑。

我走回办公室的时候，却意外接到了人事部的调令，说是总裁才上任，临时找不到秘书，所以暂时由我充当沐白的秘书。我以自己资历太浅为由拒绝这个调令，但人事部以这是总裁决定的为由，驳回了我的拒绝。

我决定去找沐白说清楚，如果可以，我想留在现在的职位上。

我本能地逃避接近沐白，因为我发现只要靠近他，我就会不受控制地想起龙曦，一旦想到龙曦，我心里就会非常难受。

我不喜欢这样脆弱的自己，如果可以，我想永远都不要回想起那种绝望的情绪。因为已经体验过一次，所以才害怕再次体验。

我上到顶楼，赵胜楠正和沐白说起活动安排，见到我，她微微有些发愣。她留下一句"过会儿再来"就转身走出了办公室，一时间，办公室里就只剩下了我和沐白两个人。

"沐总。"我走进去，直截了当地说道，"可以告诉我为什么一定要我当你的秘书吗？公司那么多人，比我出色的人有很多，我才进入3C一个月，让我来当你的秘书，我怕自己不能胜任。"

"但你是慕氏集团的大小姐吧？"他双臂环胸，似笑非笑地看着我，"最了解C城上流社会的人，在这个公司里，除了你没别人了吧？"

我有些恼了，质问道："你调查我？"

"这并不需要调查。"他低笑一声说，"慕云青，我是很真诚的，没有人比你更适合秘书的职位。我要融入C城，需要你的帮助。"

骗子！老狐狸！我在心里狠狠骂了他一声，原来他早就算计我了吗，所以才会让我去接机？

"这个理由足够吗？"沐白心情似乎非常好，"如果你实在不愿意，那就忍耐一个月吧！一个月之后，若你还是不愿意，我就重新找秘书，我说话

算数。"

"谁知道你是不是真的说话算数?"我忍不住说。

"你被人骗过吗?为什么不愿意相信别人?"他静静地看着我,眼睛里又透出那种有点沉重的目光。

"是啊,好多人骗过我,说出口的承诺,最后却谁都没有守住。"就连我自己,也没有守住。这个世界上最残忍的不是许下诺言不去实现,而是想实现却再也没有机会了。

沐白的目光似乎泛起了一点涟漪,他沉默了一会儿,缓缓地说:"那就请相信我一次吧,慕云青,只是一个月而已。"

我知道只有一个月,可是,沐白,我害怕我靠近你就会频繁地想起龙曦,因为你有些小动作,有些不经意间流露出来的表情,都像极了已经死去的龙曦啊!

"就当是昨天的谢礼,也不行吗?"他问。

我心中一颤,想起昨天他眼疾手快地打偏方向的情景。如果不是他及时那么做了,怕是我和他都已经死了。其实我当时有一点点自暴自弃的想法,觉得死了也很好,死后的世界里,大家都在,有妈妈,有爸爸,有慕狄,有龙曦,所有我爱着的人,全都聚在那里。

我知道这种想法很可怕,因为一旦有了这样的想法,我就会一天比一天软弱。在没有找出证据之前,我不能软弱——我是没有资格软弱的。

"慕云青,一个月的时间很短暂的。"他静静地看着我,眼底有一抹我看不懂的神色。

不知怎的，我鬼使神差般点了下头。那一瞬间仿佛春阳化冰，我看见沐白的眼里慢慢地晕开一朵瑰丽的花，他笑了。

走出办公室，我看到了赵胜楠。她倚着电脑桌站着，手里端着一杯水，正在慢悠悠地喝着。我与她对视一眼，又同时移开了视线。

我回到了部门办公室，每个人都围过来跟我道喜。在他们看来，我才进入公司一个月就有这种好运气，真的很让人嫉妒。天知道我根本不想去沐白的身边，我觉得那里很危险。

我收拾好不多的东西，搭电梯去了顶楼。在总裁办公室的外间，有一个独立的小间，那就是总裁秘书的办公地点。赵胜楠作为总裁助理，她的办公室在我隔壁，不过办公室面积比我这个小间要大多了，甚至给她也配备了一名秘书。

既来之，则安之。我之前也不是没做过秘书的工作，慕氏集团还在的时候，我也曾帮爸爸做过一些事情。给沐白做秘书，其实也并不是一项复杂的工作，我每天要做的事情很简单，无非就是接接电话，把需要转接的电话转给沐白，筛选信件，陪他出席一些必要的商会。除了这些，更重要的工作安排，就是由赵胜楠这位助理来做了。

平常工作的时候，除非有必要，否则赵胜楠并不会来找我。我们其实都不太想见到对方吧！

因为见到了对方就会想起龙曦,想起龙曦就会习惯性地胸闷。

"云青,进来一下。"内线电话响了,我接起,是沐白打来的。

我关掉了正在看的网页,将桌面上下载的东西删除了,这才站起来走了出去。赵胜楠正巧走到这里,见到我,脚步微微停了停。

"慕云青,你记得你曾经说过的话吗?"她压低声音,用只有我和她才能听见的声音对我说,"你不会和我爱上同一个人的。"

我怔住了。赵胜楠这么说是什么意思?她在害怕什么?害怕我会爱上除了龙曦之外的人吗?

"我当然记得。"我有些恼怒,赵胜楠为什么要问这种显而易见的问题?我无比确定,这辈子除了龙曦,我再也没有办法那么爱一个人了。

"这就好。"她错开我往前走,我回头看了她一眼,她没有回头。

我进了沐白的办公室,他正专心地看着一沓资料。我在沙发上坐下,耐心等他忙完手头的工作。

现在已经入了秋,窗外仍然有蝉鸣,室内的空调温度开得有点低,阳光照进来,也感觉不到丝毫暖意。不知道是不是因为这里太安静了,让人有一种安心的感觉。我靠在沙发上,视线慢慢地就落在了沐白的身上。

他坐在真皮的办公椅上,一件简单的白衬衫衬托出他出尘的气质。他的神色很认真、很专注,眉心微微皱着,好像是为了什么而感到困扰。

有那么一瞬间,我生出了一股想要去抹平他眉心皱纹的冲动。我被自己的这个想法吓了一跳,赶紧移开视线,继续看向窗外。

"云青。"就在我心猿意马的时候，沐白已经忙完了，他放下笔，抬起头来，喊了我一声。

我回头，视线正好撞进他深黑的眼眸里。

"沐总找我是有什么事吗？"我从沙发上站起来，他却伸手示意我坐下。

他从办公椅上站起来，一边走一边扯松了领带。

他扯领带的动作，和龙曦真的好像。

"今天晚上有一个慈善晚宴，我希望你能陪我一起去。"沐白不急不缓地说道，"到时候，你要做的事情很简单，只要告诉我参加者的身份就可以了。"

"一定要去吗？"自从慕家倒台之后，我就再也没有参加过那种貌合神离的晚宴了。

我以为我永远都不需要再去参加了，可是在隔了三年之后，我竟然要以一个秘书的身份，陪同总裁去参加那样的晚宴。

我几乎能想象到，C城那些名媛千金会在背后怎样议论我的事。

人的记忆远比想象中的要好，或许他们会暂时淡忘以前发生的那些事，但是，只要再次遇见足以引爆他们记忆的点，就一定会再次记起来的。

"拜托了。"他的眼底有一丝真诚的恳求。

是啊，这种事在整个公司，大概只有我能做到吧，就算是赵胜楠也不行。她从不属于C城的上流社会，大概也是因为这样，在过去的那么多年里，

她就算深深喜欢着龙曦,也从来没有想过要告诉龙曦。

就像她所说的,如果注定无法在一起,何必要靠近?那样只会彼此伤害罢了。

"晚上几点?"或许是他眼底的真诚打动了我,我没有拒绝,而且这是身为秘书的我必须要做的工作。

我想,不管是什么样的私人情绪都不应该影响到工作,公与私我应该分得清清楚楚,更何况我是慕云青,从不在意别人眼光的慕云青。

"六点到会场。"沐白抬起手腕,看了一下时间,"现在是下午三点,一会儿下班你不要走。"

"好。"我点了点头,随即想到一个严重的问题,"不过,沐总,我好像没有出席这种晚宴的服装。"

"这个你不用担心。"沐白轻轻一笑,说道。

此刻的他安静地站在窗户边,修长的身材匀称而美好。我忽然想,这样的他,如果选择去当时装模特,一定会大红大紫吧!

"我会安排的。"沐白看向我的目光里,有一丝安抚人心的味道。

我连忙回过神来,说道:"那么,我先出去了。"

我转身出了办公室,想到刚才自己的出神,忍不住伸手拍了拍脸颊,迅速清醒过来。

回到自己的办公室之后,我上网搜索了一下,果然搜到了C城的这场慈善晚宴。只是出乎我意料的是,这场慈善晚宴的举办方,竟然是王氏房产!

我抓着鼠标的手下意识地握紧了。一直以来，我苦于找不到确凿的证据来证明王氏房产就是害慕氏集团破产的幕后黑手，今天晚上的宴会会不会是一个难得的机会？

是的，我几乎已经肯定，害得慕家家破人亡的就是王氏房产。

心情渐渐地烦躁起来，我索性关掉了电脑，随手翻开一本杂志看起来。杂志上关于各个家族的报道，更是让我原本就烦躁的心情越发无法平静。

如果说，王氏房产因为集团利益，不惜陷害慕氏集团，逼得我父亲和顾姨走投无路，甚至还害得慕狄惨死，那么，因为利益，他们的狐狸尾巴迟早都会露出来。

今天晚上的所谓慈善晚宴，应该也会是各种利益凸显的重要时机，只要我留心观察，一定可以看出蛛丝马迹的。

想到这里，我的手不禁紧紧地握成了拳头。

当沐白来敲门的时候，时间已经到了下午四点半。

我合上杂志，拿起一早就收拾好的包跟着他走了出去。

沐白的车已经修好了，车头被刮掉的油漆补上了，看上去完好如初，一点刮蹭的痕迹都看不出来。这件事，他好像也没有让公司知道，自己拿去送修，自己提了车回来。

我看着身旁这个专注地开车的男人，既熟悉又陌生的感觉再次涌上心头。

他带着我直接去了一家高端私人定制的服装店，曾经我还是慕家大小姐

的时候，经常光顾这家店，那时候我的礼服多半是出自这家店。我不知道沐白选这里，是因为提前打听到了这一点，还是只是凑巧而已。

换好衣服之后，有专门的人来替我化妆。

没过多久，我和沐白便都焕然一新地站在了落地镜前。

我和沐白并肩而立，他穿的白色礼服，与我身上的白色纱裙是成套的。今天晚上我是沐白的秘书，也是他的女伴。

"走吧。"沐白朝我递过来一只手，他面带微笑的模样，如同中世纪的英国绅士，谦逊有礼，得体大方。

"好。"我没有去握他的手，而是转过身大步往前走去。

第七章
Chapter 07
近在咫尺的思念

云青，慕云青，我就站在你面前，真切地站在你面前，但请原谅，我不能告诉你，我是谁。

【一】

王氏房产是三年前慕氏集团倒台之后过了一个月才正式在C城亮相的，明明之前从未踏足过C城，却在短时间内打开了局面。原本的慕氏集团房产被王氏房产取代，也只用了一年时间。

今天的这场慈善宴会安排在希尔顿酒店的顶楼，就是三年前举办元宵晚宴的那个宴会厅，那是C城规格最高、最豪华的宴会场所。王氏房产踏足C城之后，这还是他们第一次举办这种盛大的晚宴。

今晚来参加晚宴的人绝对很多，这是上流社会互相结交的最好时机，也是打点各种利益关系的最好时机。

当我挽着沐白的手臂出现在宴会厅时，我能感觉到会场有一刹那的静谧，所有人的视线都落在了我和沐白的身上。

当时正是傍晚六点，初秋的晚霞非常瑰丽，大片大片的火烧云染红了天空，投映在玻璃墙上，将眼前的世界渲染得分外奇幻。

沐白似乎对那些目光毫无察觉，他被眼前的景象震撼到了，仰着头好一会儿才说："这里真美。"

"是啊，真美。"我抿唇笑了。在这里，我和龙曦并肩看过元宵节最灿烂的烟火。

当时的情景，我想，我这辈子都不会忘记吧！

我跟在沐白身后，将来参加宴会的，但凡是我认识的人，全都和沐白介绍了一遍。

天空彻底暗下来时，这场慈善晚宴终于正式开始了。

我站在玻璃窗边，望着窗外宁静的夜空。这时候有人跑来找我麻烦，这些C城最骄傲的名媛，用最优雅的方式挖苦我。直到这种时候我才知道，曾经的谢安昀是多么可爱。

"云青。"刚想到谢安昀，谢安昀就出现了。

也是啊，这种晚宴，谢安昀怎么可能不出席呢？如今的谢安昀已经进入了谢氏集团，是名副其实的小谢总了。

那些女人见到谢安昀，脸色微微变了变，她们狠狠地瞪了我一眼，然后走开了。

"你也来了啊。"谢安昀上下打量了我一眼，似乎有些意外，"你……"

岁月终将各自美丽

"我陪我们沐总来的。"我解释了一下,"我是他的秘书,陪总裁来参加这种宴会,也是工作范围之内的事。"

谢安昀是多么精明的人,我只是这么一说他就明白了。

"一会儿结束了,我送你回去。"他说。

"不用了,我自己能回去的。"我拒绝了谢安昀。

而此时,正和舒贺年说着话的沐白,目光不时地朝我这边扫来,眼底闪过了一丝讳莫如深的神色。

谢安昀很快被叫走了,他和我不一样,在这样的晚宴上,他要做的事情实在太多。我以为自己终于能清静一会儿,留心观察想知道的一些事了,这时有个很不识趣的人又来打扰我了。

"是慕小姐啊,三年不见,慕小姐还是这么漂亮!"声音有些发腻。我记得这个声音,是三年前也是在这里和我搭讪的舒明朗。

我抬起头看了一眼,果然是舒明朗。

他穿了一身黑色的晚礼服,胸前的口袋里放着一块红色的帕子,看上去人模人样的。如果是第一次见面,恐怕很难看出,他骨子里其实是个不折不扣的登徒子吧!

"三年不见,舒先生也还是一点都没变呢!"

一样的轻浮,一样的讨人厌。

舒明朗一点都不在意我的挖苦,他肆无忌惮地看着我的眼神让我很排斥。我转身想要走开,然而舒明朗侧过身,拦住了我的去路。

"舒先生，麻烦让一让。"我冷声说道。

"你在调查王氏房产的事吧？"他忽然压低声音，几乎是贴着我的耳朵，用极其暧昧的声音说道。

我蓦地一僵，惊得立马抬起头来，正好撞上舒明朗不怀好意的眼神。

"想问我怎么知道的？"

"你都知道些什么？"我听见自己的心在"扑通扑通"狂跳，只好极力克制住自己的情绪，用最冷静的声音问道。

"我知道的可多了！比如说你在查的东西，我都知道哦！"他稍微退开一些，似笑非笑地看着我，"就是不知道，慕小姐想不想让我告诉你？"

我皱了皱眉，果然舒明朗还是和三年前一模一样，是个不折不扣的人面兽心的浑蛋。

"我想知道的事情自己自然会去查清楚，不劳舒先生费心。"我咬着牙，隐忍地说道。

明知道他想要什么，我还傻傻地跟过去，那我就不是慕云青了。

"慕小姐，你确定吗？你可是查了三年都没什么进展哦！"他继续不怀好意地说，"其实，你不要多想啦，我只是想约你去一楼的酒吧喝一杯。众目睽睽之下，我也不能对你做什么，对吧？一杯酒换你自己三年以来都查不到的信息，是不是很划算呢？"

"喝酒是吗？那就在这里喝好了！"我盯着他的眼睛，大方地说道。

我不相信舒明朗转了性，他怎么可能因为一杯酒就知足？他可是一见面

就拿着房卡喊我跟他走的人。

"好,就在这里喝。"出乎意料地,他竟然爽快地答应了。说着,他还打了一个响指,很快就有侍者端了一杯香槟过来。

我接过香槟,一饮而尽,说道:"我已经喝完了,可以说了吗?"

"我看到了。"他眼底闪过一抹奸计得逞的神色。

我心中顿时警觉起来,难道我刚刚喝的香槟有问题?可是不应该啊!众目睽睽之下,服务生怎么敢端来有问题的酒?

然而才想到这里,我的脑袋就忽地一阵眩晕,脚下一阵踉跄,险些站立不稳。舒明朗这时立马移步过来,一手托住了我的腰,一手揽住了我的肩膀。

"慕小姐,你没事吧?"他假惺惺地问道。

我愤怒地看着他,我以为自己已经足够谨慎,没想到最后还是上了他的当!

"舒明朗,你想干什么!"我低喝一声,试图挣脱开来。可是不知道刚刚那杯酒里放了什么,让我浑身软绵绵的,加上舒明朗的力气很大,一时之间我完全挣脱不开。

"慕云青,慕家早就倒了,我还能看得上你,是你的福气。而且龙曦已经死了,这一次,不会再有人出来多管闲事,坏我的好事了。"说着,他强硬地将我扶出了宴会厅。

我心中很焦急,想要喊叫,舒明朗却一把捂住了我的嘴巴,阻止我喊出声。

当我被他塞进电梯里,看着电梯门关上,却没有一个人追过来的时候,我的心中不是没有绝望的。

三年前,他对我动手动脚时,是龙曦阻止了他,可是这一次呢?

我的身边,不再有爱我、护我、宠我的龙曦了啊!

我很后悔,不应该被他激得喝下那杯酒,更不应该心怀侥幸,以为他真的会将我想知道的事情都告诉我。

明知道已经不会再有人来救我了,我却还是让自己陷入了这样的境地。

眼前的世界越来越模糊,身体也越来越没有力气,我只能任由舒明朗将我拖出电梯,然后挟着我一路朝他的车走去。

"舒明朗,你会后悔的。"我强忍着睡意,拼命让自己保持清醒。然而没有用,我不知道他在酒里面到底放了什么东西,我只知道我可能很快就要失去意识了。

而就在这时,我听到一串脚步声靠近,紧接着我听到了一声闷哼,原本紧紧抓住我肩膀的那只手蓦地一松,再接着,我落入了一个有些凉的怀抱,熟悉的香味萦绕在我的周围。

我迷迷糊糊地睁开眼睛。

昏暗的地下停车场,柔白的灯光里,我仿佛看见了黑色燕尾服的龙曦,他像一个盖世英雄一样出现在了我的面前。

"龙曦。"我轻轻唤了一声,然后就沉入了睡梦之中,什么也不知道了。

【二】

地下停车场里,沐白扶着已经不省人事的慕云青,他的脸藏在阴影之中,没有人知道他此时到底是怎样的表情,尤其是当慕云青下意识地喊出了"龙曦"这两个字之后,他仿佛被定格了一般,站在原地,好一会儿都没有动。

他将慕云青抱起,放在副驾驶位上,然后将被他一把敲晕的舒明朗塞进了后备厢。

他就这么一脸淡定地开着车出了酒店地下停车场。

夜色迷蒙,街边的霓虹灯像流水一般将这个城市点缀得妖娆多姿。

他将车开回了自己的住所,先将慕云青抱下了车,小心地放在大厅的沙发上,然后再折回去,将塞在后备厢里的舒明朗拖下来。

他将舒明朗一直拖进了地下室,用绳子将他的手脚绑上,再用毛巾塞住了他的嘴巴。做完这一切之后,他回到了一楼大厅。

慕云青还在沉睡,他缓缓地在她面前蹲下,单膝跪在地上,俯身凑近她。

客厅吊灯将温柔的光洒在她白皙的脸上,他轻轻地触了触她的脸,温软的唇印在了她的额头上。

他几乎是呢喃地唤她:"云青……"

语气是那样隐忍与无奈。

他抱起她走上楼，将她安置在床上之后，守在了她的身边。

她离他不过咫尺，她的呼吸与他的纠缠在一起，那么暧昧，又那么悲伤。

"云青。"他打开她的手，与她十指相扣，然后将她拥在怀里，仿佛是亚当找到了自己遗失的那块肋骨一般。

这样过了很久之后，他才长长地叹了一口气。

她就应该在这里，就应该在他的身旁啊！

这一觉，慕云青睡得非常踏实。很奇怪，明明应该心惊胆战，她却一夜无梦，就这么安稳地睡到了天亮。

当她睁开双眼时，映入眼帘的是陌生的房间。她连忙坐了起来，发现房间里只有她一个人时，她又低头看了一眼自己身上的衣服，还好，还是昨天那套礼服。

她站了起来，一时间不敢确定自己身在何处。

这是舒明朗的住所吗？他将自己掳过来，却什么都没干，这似乎有点不太对劲。她又想起在失去知觉之前，似乎看到一个人朝她走来。

那个人，好像是龙曦！

可是，那应该只是她的错觉吧，龙曦怎么可能来救她？会翻山越岭来救她的那个人，已经不在这个世界上了啊！

她深吸一口气，压下心底翻涌的情绪，走到门边打开门。外面非常安

静，一个人都没有。

她觉得奇怪，走下楼梯才发现，这个地方她来过。

她停下脚步，心中很是震惊，这里是沐白的家！

那天她送沐白回家的时候，来过这里，可是为什么自己会在这里呢？

这不对劲，怎么想她都不可能出现在这里吧？

"你醒了啊！"正在这时，沐白的声音从楼下传来。不上班的沐白穿着一件休闲衬衫，看上去心情似乎很不错。

"我怎么会在这里？"慕云青不解地问道。

"我看到你被人带走，不放心便跟上去看了一下。你是我带去那个晚宴的，所以，我得完完整整地带你回来才行啊！"说着，他放下手里的平板电脑，从沙发上站了起来。

慕云青心中微动："是你救的我？"

所以昨天的场景并不是她的错觉，的确是有人救她，但那个人不是龙曦，而是沐白。

"举手之劳而已。"他随意地说道，然后指了指沙发上的一个纸袋子，"你昨天的衣服，干洗店的人已经送过来了。"

"谢谢。"慕云青正不知道要拿身上这套礼服怎么办才好，好在沐白替她解决了这个难题。

昨天在定制店换好衣服之后，她自己的衣服就放在了沐白的车上，打算晚上带回去，现在看来，幸亏自己带上了。

她拿着衣服去浴室好好洗了个澡，洗完之后，把礼服装了起来，换回了之前的那套衣服。

出来后，慕云青提出要先把礼服送去干洗店，然后自行回家。

沐白二话没说便抓起车钥匙走到门边："我送你吧，顺便一起去吃个早饭。"

似乎是看出慕云青想拒绝，沐白又说："你是在我的命令下才去参加晚宴的，所以，我有责任把你安全送回家。况且，我的礼服也需要干洗，一起拿去吧！"

就这样，慕云青到底没能说出拒绝的话。

沐白和慕云青一起出了门。上车之后，沐白忽然靠近慕云青。慕云青心中"咯噔"一下，本能地往边上让。沐白已经够到了她身侧的安全带，在慕云青恍惚的神色之中，将安全带系好了。

"谢谢。"慕云青有些尴尬地说道。

沐白没有说话，只是冲她微微笑了一下。

他们先一起去了干洗店，然后沐白带着慕云青去了一家很精致的早餐店。慕云青走进去的时候，心中又生出了一些惊讶。

沐白不是一直在法国吗，他怎么会知道这家早餐店？

她曾经经常和龙曦一起来这里吃早饭，因为她特别爱吃这里的小笼包。

就像他知道她最喜欢的礼服品牌一样，也是凑巧吗？

服务生将他们带到了楼上的雅间，沐白将菜单递给慕云青。慕云青没有

点小笼包,她怕吃着吃着又想起和龙曦一起在这里吃饭的情景。

然而出乎意料的是,沐白点了一份小笼包,还是慕云青最爱吃的鹅肝口味的。

慕云青面上不动声色,心中已然翻江倒海,好几次她几乎都想问一问眼前的沐白到底是谁。一次巧合或许是巧合,但是频繁出现的巧合,就不会只是单纯的巧合了吧!

若非他的长相与龙曦完全不一样,她都要以为他就是龙曦了。虽然她不知道,如果龙曦还活着,会有什么理由假装陌生人。

早餐很快端上来了,慕云青这顿饭吃得心不在焉。

吃着吃着,沐白忽然定定地看着她。慕云青的心开始"扑通扑通"狂跳起来。她想转过头去,然而这时沐白朝她伸出了一只手。她僵在那里,忘记了要躲开。

当他修长干净的指尖从她的脸上拂过时,她听见了自己的心底传来了一个叹息般的声音。

"沾到了。"他微笑地看着她,指尖有一点包子皮。

"谢谢。"慕云青有些狼狈,心情非常微妙。

这顿饭她不知道自己到底是怎么吃完的,沐白的存在感强到无以复加,他任何一点细微的动作她都非常在意。她太知道这种在意意味着什么,可她不愿意去深想,怕想了,就会万劫不复。

她不允许自己因为有人和龙曦相似而心动,她不愿意爱上龙曦之外的第二个人。

吃过早饭之后，沐白送慕云青回家。上车之后，慕云青飞快地替自己系上了安全带。沐白只是微微笑了笑，并没有说什么。

一路上慕云青如坐针毡，只盼着时间过得快一点，再快一点。不知道是不是因为心理作用，她觉得今天沐白开车比平时慢很多。

终于，车子在巷口停下，慕云青几乎是落荒而逃。

目送着慕云青走远，沐白这才驱车返回了自己的家。他打开地下室的门，舒明朗早就醒了，听到有人开门进来，便一脸惊恐地看着来人。

他的手脚都被绑着，无法动弹，嘴巴里塞着毛巾，一点声音都发不出来。

沐白走过去，在舒明朗面前蹲下来，眼神冷如北极寒冰。他扬手抽掉了塞在舒明朗嘴里的毛巾，舒明朗顿时大口大口地呼吸起来。

"你……你为什么要绑架我？你想要什么，我都可以给你！"舒明朗原本很愤怒，但是被关在这里这么久，恐惧早就把他那点怒气磨光了。

他现在只想从这里出去！

"你不该动她的。"沐白的声音冷得如同冰锥，他一把揪住舒明朗的头发，眼神狠辣无比。

"谁？慕云青？"舒明朗的思维转得很快，他马上反应过来沐白在说什么，"只要你放了我，我肯定不会再做这种事了！我保证！我向你发誓！"

"你这样我怎么能相信你呢?"沐白的嘴边露出一抹残酷的笑意,"把你知道的都说出来,我就放过你。"

舒明朗愣住了,目光里渐渐浮上一丝错愕:"你是谁?"

"沐白,3C的现任执行总裁。"沐白慢慢地卷起袖子,"我给你选择的机会,慢慢来,无非是选择在这里多待一天,或者多待几天。"

他说完就转身出了地下室,留下发愣的舒明朗再次陷入伸手不见五指的黑暗之中。

【三】

慈善晚宴结束后的第三天,谢安昀忽然急匆匆地跑来找我。

他来得特别急,都不顾我正在上班,直接冲上了顶楼。我当时正在筛选信件,见到谢安昀很是意外。

"云青。"谢安昀的脸色很不好,似乎发生了什么很严重的事。

"怎么了?"我不解地看着谢安昀,仔细回想了一下,最近似乎并没有发生什么奇怪的事,谢安昀为什么这么焦急地来找我?

是谢氏集团发生了什么事吗?

但那也不对啊,就算是谢氏集团发生了什么,也和我无关吧!

"你见过舒明朗吗?"他表情严肃地问我。

"慈善晚宴的时候见过,怎么了?"他是为了舒明朗的事情来找我的吗?这就更奇怪了!

"他失踪了。"谢安昀压低声音问我,"舒家现在正在寻找舒明朗的下落,从慈善晚宴那晚之后,他就没有回过家。"

我蓦地瞪大眼睛看着他:"舒明朗失踪了?"

"是,舒家调了酒店的监控,监控最后看到的是他带着你走出电梯。因为那天地下停车场的监控坏了,所以没有拍到后面的事。"谢安昀很认真地问我,"那之后你们去了哪里?云青,你知道舒明朗去哪里了吗?"

我茫然地摇了摇头:"我不知道,那天他在给我喝的酒里下了药,我也不知道后来发生了什么。"

"你被下了药?"谢安昀的声音提高了一些,"怎么回事?那后来是谁救的你?还是……"

"是沐总救的我。"我觉得这件事不需要瞒着谢安昀,而且如果我不说清楚,难保他不会乱想。

"你是说沐白?"谢安昀的眉头紧紧地皱了起来,"那么,他有没有说有关舒明朗的事?"

"没有,我只知道他救了我,别的我没有问。"我心中很是困惑,"舒明朗去了哪里,我也不知道。"

"总之,你最近小心一点,不要加班。舒家的人说要见你,无论用什么理由,你都不要去。"

谢安昀很严肃地对我说完,就急匆匆地走出去了。

我下意识地追了出去,却没有看到谢安昀的踪影。

我不知道的是,谢安昀从我的小办公室里出来之后并没有离开,而是直接去了总裁办公室。

沐白正在处理文件,见到谢安昀冲进来,甚至还关上了门,仍然淡然地坐在那里,慢慢地做事。

谢安昀直截了当地问他:"沐总是吧?慈善晚宴那天,是你救了云青,对吗?"

"对,有问题吗?"沐白头也不抬地说道。

谢安昀被他这种漫不经心的态度激怒了,他用手一把按在了沐白正在看的文件上,低喝道:"沐总,没有人告诉过你,和别人说话的时候,要正视别人的眼睛吗?"

沐白终于抬起头来,和盛怒的谢安昀不同,他冷静得不像话,和谢安昀形成了非常强烈的对比。

谢安昀看着沐白的眼睛,心底忽然浮上一抹很奇怪的感觉,这种泰山崩于前也不会乱的眼神,给他一种非常熟悉的感觉,那是他曾经非常熟悉的一个人才有的。

这个念头才浮上来,谢安昀就下意识地否定了,怎么可能是他?

早在三年前,那个人就已经不在了啊!

退一万步讲,这个人和他长得完全不一样,又怎么可能是他呢?

"谢少,你想和我说什么?"沐白双手交叠,嘴边慢慢浮上一抹淡淡的笑意。

这个笑容让谢安昀的脑海一下子变得空白一片,一个人的长相或许会变,但是眼神和表情不会轻易更改,尤其是某些小习惯,那是完全改不掉的。

"你是谁?"尽管知道多此一举,谢安昀还是低声问了一句。

"我是沐白。"沐白淡淡地回答。

"见鬼了,你到底是谁?"

谢安昀或许是这个世界上最了解龙曦的人,毕竟他们从小一起玩到大,是最好的哥儿们,形影不离的死党,所以他对龙曦的了解,甚至超过慕云青对龙曦的了解。

因为龙曦在慕云青面前,未必将真正的自己完完全全地表露,他只会选择让慕云青看到他好的一面。爱一个人就会这样,会下意识地藏起自己不想让对方知道的那一面。

但是面对朋友的时候不一样,谢安昀看着沐白,越看越觉得沐白的眼神、语气都无比熟悉。

他不相信这个世界上会有两个全然陌生的人相似到这种程度,尽管他们的长相完全不一样。

"你觉得我是谁?"沐白的眼底隐约有了一抹笑意。

"龙曦?"谢安昀几乎是咬牙切齿地吐出了这句话,"你是龙曦!"

看到沐白的反应,谢安昀语气中的疑虑已经消失了。

他已经笃定,眼前这个人,就是龙曦!

谢安昀很震惊,甚至有点怀疑自己的判断是不是出了错,毕竟三年前,龙曦和他父母一同死在了美国,新闻报道中那场惨烈车祸的各种画面,至今还留在他的脑海中,让他心有余悸。那样的情况下,龙曦不可能生还!

"安昀,三年不见!"沐白脸上的表情柔和了下来,"你还好吗?"

"龙曦!你真的是龙曦?你真的没死?这真是太好了!"谢安昀意识到自己最好的哥儿们死而复生,巨大的欣喜几乎要将他淹没。

可是,随即他看着眼前完全不一样的沐白,表情变了几变,最终露出了一种极为复杂的神情。

他不解地问道:"可是,为什么?我不明白,龙曦,为什么曾经的龙曦变成了现在的沐白?为什么你的样子,完全不一样了?还有,为什么你把云青带在自己身边,却不告诉她你是谁?你想要做什么?哦,对了,知道了你是谁,我大概已经知道舒明朗的下落了。"

"嗯。"沐白沉吟片刻,"你的问题这么多,我该先回答哪个呢?"

"一个一个回答,慢慢来,我不着急。"谢安昀拉开椅子,在沐白的办公桌前坐下。

办公室的窗户开着,微风扫起窗帘,这个秋日黄昏,晚霞将天空都填满了。明天,应该又是一个大晴天吧!

"是的,三年前,我侥幸没有死。"沐白说得云淡风轻,但是谢安昀在一旁听得惊心动魄。

从那场特大车祸里生还,又怎么可能只用"侥幸"这两个字来概括呢?

"因为我母亲在车祸发生的那一瞬间死死地护住了我,所以,我的重要器官都没有受到严重损害,只是受了很多外伤。"他说着,轻轻摸了摸自己的脸,也不知是觉得庆幸还是觉得遗憾,"后来,我便留在国外治疗,要求新闻媒体不要说我还活着。在这三年间,我秘密进行了很多次整容手术,然后就变成了现在这个样子。"

"三年前的那场车祸……"谢安昀欲言又止。

"因为那场车祸太过蹊跷,有人想要我死,想要龙家消失,所以我就顺了那个人的心意,从龙曦变成了沐白。"沐白缓缓地说道,"变成了沐白,我反而能看明白很多事。"

"比如……"

"比如是谁要对付龙家,是谁策划了整个慕氏集团的悲剧。"沐白说完,静静地看着谢安昀,"其实,你是知道的吧?就算没有确凿的证据,但是,安昀,你也是知道的吧?"

谢安昀的后背猛地一僵,他下意识地别过头去,有些不敢正视沐白的双眼。很奇怪,明明他并没有做什么对不起龙曦的事,可是这个时候,他却移开了视线。

他心虚了。

他的确知道这背后的一切都是王氏房产在搞鬼,可是这么久以来,他都不曾将这些告诉慕云青,甚至他一直在避免和王氏房产正面抗衡,怕的是重

蹈龙氏财团的悲剧,让谢家也遭遇灭顶之灾。

他或许是有能力帮到慕云青的,可是在家族利益面前,在家人的安危面前,他退缩了。

或许是因为他看到慕狄倒在血泊里的画面太具冲击力,又或许是龙家的车祸现场太过惨烈,更或许是他越深挖越感觉到了对方的心狠手辣,势力强大。这三年来,他装聋作哑,没有真正地想要弄清楚所有的真相,将那些人绳之以法。这三年来,他唯一摆在心上认真去做的,就是保护慕云青。

他想,龙曦已经不在了,或许只要时间够久,慕云青就会慢慢忘记龙曦,等到那一天来临,他一定会站在慕云青面前,告诉她,自己有多喜欢她,喜欢了多少年,从她眉目忧悒的童年,一直喜欢到隐忍冷静的现在。

他没有等到那一天,却先等回了龙曦,他等到公认死去的人都活着回来了,也没有等到慕云青忘记龙曦。这一瞬间,他想,或许这一辈子他都不能将那句话告诉慕云青了。

"我知道你的立场,我并不怪你。"沐白似乎已经看穿了谢安昀的想法,轻声说道,"这几年,谢谢你代替我陪着云青。"

"你又何必说这样的话?"谢安昀苦笑了一声。他是故意的吗,说这种戳自己心窝的话?

沐白轻轻摇了摇头,没有半点开玩笑的意思:"我是认真的。在她最无助、最难过的时候,是你陪在她身边。谢谢你,安昀。"

"说说舒明朗吧。"谢安昀不想和沐白多说有关慕云青的话题,"舒家满城寻找舒明朗,他们很快就会找云青的麻烦的。是你带走了舒明朗吧?他现在在哪里?"

"在他该在的地方。"沐白并没有否认谢安昀的话,"安昀,我心里有数。"

"我知道你心里有数。"谢安昀沉默了一会儿,接着说,"但是,龙曦,你真的不打算告诉云青你是谁吗?明知道你永远都回不来了,她也仍然爱着你——只爱你一个人啊!"

"我知道。"沐白的表情变得非常温柔。

那天夜里,她呢喃出口的那个名字,足以让他明白一切。

他的女孩,仍然爱着他,这让他欣喜若狂,也让他像少年一样焦头烂额。

"等到一切尘埃落定,我会告诉她我是谁的。在这之前,我不想让她知道我是谁,我不能让她再次陷入危险之中。"整垮慕氏集团和酝酿龙家车祸的人一天没有被送进监狱,他就一天不能告诉慕云青自己是谁。

如果那些人知道他没有死,一定会想办法再次对付他。他不愿意打草惊蛇,更不愿意看着慕云青跟着自己一起陷入危险之中。

如果可以,他愿意背负一切黑暗和罪孽,只要她能好好的。

他想保护她,保护那个已经一无所有的慕云青。

在这个苍茫的世界上,她就只有他了,如果连他都无法保护她,那么谁来保护她?

"好吧,既然这是你的决定。"谢安昀无声地叹了一口气,"龙曦,需要帮助的话,你就开口说一声。我不会告诉慕云青你是谁,因为你想亲口告诉她,对吧?"

"谢谢。"沐白很感激地看了谢安昀一眼。

慕云青已经好几次差点认出他来,如果不是笃定他已经死了,加上他假装完全不认识她,慕云青一定早就认出他了吧!

"龙曦,不管怎么样,保护好自己,还有……保护好她。"谢安昀从来都是一个光明磊落的人,他不屑使用肮脏的手段,或者也正是因为他太过于正直,所以才会始终停留在离慕云青三步远的地方。

他能靠近的时候,因为她的默然望而却步;他终于决定靠近的时候,却是龙曦先一步走到了她的身边。

他并不怪龙曦,因为他从未告诉过任何人自己喜欢慕云青,就连对龙曦也没有说。是他先有所隐瞒,又怎么能责怪龙曦抢走了他所爱的人?

他知道的,龙曦爱慕云青,并不比他谢安昀少,甚至某种意义上来说,比他要更爱慕云青。

因为慕云青,龙曦做了很多以前从来不会去做的事,他爱她,重于自己的生命。

谢安昀走出3C集团大楼,抬起头时,正好看到慕云青在过马路。他下意识地想要追上去,然而追了几步之后他又缓缓地停下来了。

她的骑士已经回来了，她已经不需要他了。

"不追上去吗？"冷不丁地，身后传来了赵胜楠的声音。

赵胜楠刚好下班走到这里，看到谢安昀的举动，露出一个似笑非笑的表情。

"胜楠。"谢安昀仍然看着慕云青消失的方向，"你是知道的吧，你其实……一直都是知道的吧？所以那天在酒吧里，你才会说出那种话。"

"不要再和我喜欢上同一个人了，不要再抢走我爱的人了。"赵胜楠对慕云青说过这样的话。

当时谢安昀觉得很奇怪，如今想来，却再明白不过了。

"你知道吗？"赵胜楠并没有回答谢安昀的问题，她注视着慕云青已经快要隐没在人潮中的背影说，"我真的很羡慕她，虽然什么都不知道，却被他保护得好好的。我嫉妒她，但……我也佩服她。"

"那你……恨她吗？"谢安昀问。

赵胜楠回过头来看着谢安昀，说："恨？不，我为什么要恨她？她已经什么都没有了，而且身上还背负着那么多沉重的东西。跟她比，我至少还有健康的家人。爱情，并不是一个人生命的全部啊！"

她说完，缓缓地朝停车位走去。

谢安昀就这么站着，过了好一会儿才转身离开。

在他之后，沐白开着车，远远地跟在慕云青乘坐的那辆公交车后面，用这种最不引人注意的方式，将她送回了家。他要确保她的安全，这是现在的

他唯一也是必须要为她做的事。

慕云青,请等着我,等着我将那些肮脏的、黑暗的东西都扫除,等着我荡平一切障碍,等着我站在你面前,认认真真、完完整整地对你说一句:"我回来了。好久不见,我的云青。"

第八章 Chapter 08
清风徐来

清风徐来,水波不兴,哪个剧本,没有分离?那些曾经的誓言,愈想证明,就愈不敢肯定。

【一】

我不知道,一个人要彻底忘记一个人需要多久的时间,但是我确定,我永远都不会忘记龙曦。我这辈子只认认真真爱过一个人,在我最爱那个人的时候,一切被掐断,爱就停在我最爱他的时候。于是我这一生,大概永远无法忘记他,无法再爱上其他人。

当然,我也不愿遗忘他。

如果只有我一人往前走了,那是多么差劲。

我不想要那样,所以我选择永生铭记。

回去的路上,我一直在想谢安昀问我的那个问题,那就是舒明朗去了哪里,以及是谁救的我。

我不禁想起了沐白。将我从舒明朗手里救下的,是沐白。那也就是说,他是最后一个见过舒明朗的人。舒明朗失踪了，沐白的嫌疑也就最大。

我开始有些后悔和谢安昀说这件事，万一舒家人知道了这一点，他们一定会对付沐白的。

我不想让他牵扯进来，这是我和舒明朗之间的纠葛。

我想了想，拨通了谢安昀的电话，谢安昀接得很快。

我开门见山地说道："你那天问我，是谁救的我……你没有告诉其他人吧？"

"没有。"谢安昀的语气有点奇怪，"我谁也没有说起过，怎么了？"

"没什么，就是不想给沐总添麻烦。"我解释了一声，"谢谢你了。"

"你我之间，不需要说谢谢的。"谢安昀的语气有点怪，"没有别的事，我先挂了。"

"好的，再见。"我挂了电话。听到他说没有将沐白的事说出去，我松了一口气。

到了公司之后，意料之外地，今天沐白没有来上班。我不禁有些担心，会不会是沐白是最后一个见到舒明朗的人的事被舒家人知道了，他们对沐白下手了？

想到有这个可能性，我心烦意乱起来。而叫人在意的是，赵胜楠今天也没有来。而我没有接到他们去出差的消息。

我好几次都想拨打沐白的手机，身为他的秘书，我手机里一直存着沐白的电话号码，只是一次都没有拨打过。

但最后我还是忍住了,一直到下班,我都没有给沐白打电话。只是转念一想,身为沐白的秘书,掌握他的行踪不是理所当然的吗?我到底在纠结什么呢?

我从来都不是拖泥带水的人,为什么在沐白的事情上,就是做不到果敢一点呢?

这么想了之后,我一咬牙,拿出手机找出沐白的电话号码,果断地按下了拨号键。

电话很快被接了起来,电话那头的声音略显疲惫:"云青?"

我心中微微一颤,他这样的语调和语气,像极了龙曦。

"你……你今天怎么没来上班?"

"嗯,稍微有点私事。"他说着往前走了几步。

这时候我听到了另一个声音从手机里传来:"谁打来的?"

我蓦地一僵,尽管声音听上去离得有点远,但我还是听出来了,那个声音是赵胜楠的。

现在沐白和赵胜楠待在一起,而且听上去并没有被卷进舒家的事情里去。知道了这一点,我松了一口气,可是另一种说不清、道不明的情绪萦绕在心头,像是封存的酒,越酿越醇。

"嗯,我知道了,再见。"我飞快地挂掉了电话,这才发现手心竟然冒出了汗。我将手机塞进包里,然后踏上了回家的公交车。

我在介意什么呢?沐白和赵胜楠待在一起,这和我有什么关系?

为什么那一瞬间，我心中会酸涩、会懊恼，甚至会觉得生气？

可是，我没有立场这么做。而且……我明明已经决定要永远爱着龙曦，那么现在的这种心情又是什么呢？

我在背叛龙曦！

我不能这样，爱龙曦的这颗心，我一定要好好地守住。

就算沐白总是让我想起龙曦，甚至有时候我都分不清他和龙曦，可毕竟龙曦已经死了，真真切切地死在三年前的那场车祸里。所以，他不是龙曦，他不可能是龙曦。

我一遍又一遍地告诉自己，龙曦已经死了，已经不存在于这个世界上了，然后我的心就会更加坚定一些。

可是这次完全没有用，我仍然觉得烦躁。我只好在中途下了车，随便找了一家酒吧，走了进去。我想要大醉一场，这样我就一定会再次梦见龙曦。

我挚爱的龙曦，他轻易不肯进入我的梦境，这让我多寂寞！

我唯一能见到他的方式，就是回忆。可回忆的尽头是撕心裂肺的疼痛，是猩红的血花，是靠坐在真皮座椅上的爸爸，是躺在床上面如死灰的顾姨，是倒在血泊中死去的慕狄……

我不能回头想，只能孤单地笔直向前。

"龙曦。"这个呢喃在唇齿之间，我轻易不肯喊出声来的名字，被我轻轻念出了声，"我在想你，你在那边听得到吗？"

听不到的吧！

岁月终将各自美丽

如果听得到,他又怎么舍得留我一个人孤单地活在这个世界上呢?

手机在这个时候响了起来。我拿起来看了一眼,迷迷糊糊地看到是两个字,我接通,一个略带焦急的声音传来:"云青,你在哪儿?"

"我?我在想你啊,龙曦。"在听到电话那头的声音时,我隐忍了很久的情绪终于在这一刻彻底爆发了,"为什么要丢下我走了?为什么这么久不回来?不是说好的吗?我们说好了,你一定会回来的,我们说好的。"

眼泪怎么都无法停止,满心的委屈一起涌上来,带着深沉的思念和无法再相遇的绝望,我任凭自己对着一个陌生人撒着酒疯。

"我在等你啊,龙曦,我一直在等你啊!可是我等了好久,你就是不出现,你是不是永远都不会回来了?"

我哭诉着,委屈得像个没有长大的小孩。

"云青,你在哪里?"电话那头的声音满是关切和焦急,"告诉我,你现在在哪里?"

"我不知道,我不知道,我什么都不知道。"我已经醉了,伤心酒最醉人,又或许是酒不醉人人自醉,我突然"咯咯咯"傻笑起来,"龙曦,你来找我啊,你来找我吧!"

哪怕只是一次也好,哪怕只是在梦里也好,让我见见你吧!

我怕再见不到你,我会忘记你的模样啊!

等到白发苍苍、牙齿掉光的时候,我再想起你,要怎么描绘你的轮廓?要怎么露出面对你时才会有的那种微笑?来生,我又要怎么在三千弱水中寻到你啊？

我关掉了手机，让酒保再开了一瓶酒。

一个人喝酒，偶尔会有人来和我搭讪，都被我不耐烦地赶走了，我只想一个人彻彻底底地醉一次。

不是都说，醉了，就能见到最想见的人了吗？

我不知道自己到底喝了多少酒，耳边是嬉闹的人声，是时而俏皮、时而忧郁的音乐声。

酒吧的驻唱歌手正在唱《童话》。童话里都是骗人的，一如我所在的世界，我在自欺欺人，我知道的啊！

"云青。"突然，一个声音从身后传来。

我茫然地回过头，有个穿着白衬衫的男人穿过人潮，大步且坚定地朝我走来。

我眨了眨眼睛，灯光、酒水、音乐、人潮，这些混合在一起，拼凑成了龙曦。他朝我走近，然后一把抓住我的手臂，用力地、狠狠地将我拉入了怀中。

"对不起。"我隐约听到他对我这么说。

他拉着我从吧台前走开，在略显拥挤的人潮里，他拉着我举步维艰。

走着走着，我忽然不想走了。我想要跳舞，就在这里，和我的龙曦跳一支舞。

我拉着他跳起恰恰，不少人在起哄，他没有扭捏和迟疑，就这么穿着挺

括的衬衫,陪着我在人群里胡闹。

当强烈的灯光从他脸上扫过时,原本还醉得不轻的我,忽然之间就清醒了过来。音乐还在继续,我却站在舞台的中间无法动弹。

我错愕地看着站在自己面前的这个人,他是真实存在的,并非是我因思念成疾而出现的幻觉。

我很快认出了他是谁。

"沐总?你怎么在这里?"我强忍着心中的震惊,低声问道,"现在不是下班时间吗?而且我记得我是自己一个人来喝酒的,为什么你会在这里?"

站在我面前的,不是龙曦,而是沐白。

我已经数不清是第几次错将他认成龙曦了。

为什么呢?他和龙曦,是那么不同,却又是那么相似。

"因为我担心自己的下属。"他的眼底有隐忍的光,他拉着我朝外走,"云青,你喝醉了,我送你回家。"

"我不要回家!"家里空荡荡的,空洞寂寞得可怕,一旦静下来,我就会想慕狄,想龙曦,想我那可悲的、荒凉的前半生。

"我不要回家。"我蹲在地上,只觉得自己真是无药可救,我是怎么放任自己变成这个样子的?

现在的我,面目全非得连我自己都认不出来了啊!

曾经的我也这样脆弱吗?

曾经的我，会这么放任自己吗？

不会，曾经的我，冷静自持，无论多么难过，都会把眼泪藏进心里。

现在的我，是如此害怕失去。

"那我们就不回家。"沐白在我面前蹲下，伸手轻轻按住我的头，一下一下轻轻地抚摸着，像是在安抚一只不安的猫，"不回家。"

"龙曦。"这个似曾相识的动作，让我的心底再次溢满思念。

无处安放的感情凝结成汹涌的泪意，眼泪终于落了下来，而且，怎么都停不下来。

沐白伸手温柔地替我擦掉眼泪，流出来多少，他就擦多少，可是我的眼泪总是往下流，怎么也停不下来。

"龙曦。"我低声喊他。

为什么我这么难过，你却不在我的身边？为什么我明明这么想你，你却无法穿越人海来见我？

"龙曦。"

龙曦，龙曦，龙曦……

沐白张开双臂抱住了我，他的怀抱有些凉，很像除夕夜时，他衣襟带着冷意走进会场，我不经意瞥过去一眼，他的视线朝我看过来。

那些视线交错、秘密横行的过去，变成了我唯一能够去回忆的东西。

三年了，龙曦，距你离开已经三年，我一直刻意地压抑着自己，不去想你的事，唯有这样，我才能坚强地走下去。

然而，我败给了自己，败给了那些似曾相识的蛛丝马迹。仅仅是一个与你很像的人，就能让我的情绪彻底失控。

"你知道吗？我曾经有一个非常非常喜欢的人。"我想要对谁说一说，我想要倾诉那些几乎要胀破我胸腔的过往，"可是他回不来了。他说好不会留下我一个人的，我像个虔诚的信徒一样等他回来，可是他没有回来。他回不来了，再也回不来了。"

那个会在我最需要他的时候出现的人，已经死在了过去啊！

"龙曦如果还活着，他一定不希望你这么难过。"沐白的声音冷静到不可思议，甚至让人觉得有点冷血，"我想他喜欢的，一定是那个不管遇到什么事情，都能冷静面对，倔强得不像话，明明需要帮助却嘴硬不肯说的慕云青。"

身体蓦地一僵，我抬起头看向沐白："你都知道什么啊？你明明什么都不知道。"

"是啊，我什么都不知道。"他的语调有些沉重，似乎被某种感情填满，落在我耳里，沉甸甸的，仿佛要压垮我的心脏，"如果我是龙曦，我绝对不会爱上像你这样总是怀念过去的人。"

"你不是龙曦。"我用力推开他，站起来跟跟跄跄地往前走，"你永远不是龙曦！我怎么会将你错当成龙曦？"

"可是，你知道我为什么总是怀念过去吗？因为……因为……"我的脚步停了一下，"未来没有龙曦，现在也没有龙曦，我只有回到过去才能见到他啊！"

他根本什么都不明白，他不明白我有多爱龙曦，他不明白这三年来，我度过的每一天，都如同身在地狱。我根本不知道自己是怎么走到今天的，因为曾经的慕云青，在知道龙曦死讯的那一刻，已经随着他一起死掉了。活着的，不过是一具空壳，填充这具空壳的，是满溢的思念、刻骨的憎恨，还有满满的不甘心。

【二】

宿醉之后，第二天迎来的，仍然是排山倒海的头疼，慕云青捂着头从床上坐起来，窗外鸟鸣啁啾，已经是第二天早晨。

她环顾四周，这里是她的家。昨天晚上的那些记忆，慢慢地浮上了脑海。她记得自己心情郁闷，去酒吧喝了酒，喝得酩酊大醉，然后对着谁耍了酒疯。

是谁呢？

她稍微回想了一下，脑海中就浮现出了沐白的身影。

她不由得苦笑了一下，又是沐白。

自从沐白出现之后，她的情绪波动就变得很大，那个人明明什么都没有做，却让她乱了阵脚，只因为他总让她想起龙曦。

龙曦，就是轻易让她的生活变得兵荒马乱的人。

她冲了个澡，换上一身干净衣服，走到门边的时候，发现那里放着一朵

蓝色妖姬。她拿起来，心中有些异样的感觉。

这是谁留下来的？

沐白吗？

她抿着唇，手下意识地用力，"啪"的一声，花枝被她掰断了。

这个人到底要和龙曦相似到什么程度？又要让她混乱到什么程度啊？

她随手将那朵花丢进了垃圾桶。

她去了公司，沐白和赵胜楠都已经到了。她进去送信函的时候，原本正在说着什么的两个人忽然停了下来。

慕云青并没有在意，放下信函就走了出去。

"你真的要这么做吗？"赵胜楠看着关上的门，轻声问沐白，"你要想清楚。"

"是的，我要这么做，或者说，我必须这么做。舒家的人已经开始调查云青的事了，他们很快就会对她下手的，我必须赶在这之前，和他们摊牌。"沐白的声音很轻，却很坚定，"胜楠，我不想等了，不想再拖下去了。云青她还活在三年前的那场变故里，一直没有走出来，我想尽快让这一切结束。"

"好，我帮你。"赵胜楠笑了，眼里却有一抹不易觉察的泪意。

"谢谢你。"沐白很真诚地对赵胜楠说道。

他从法国回来之后，第一个联系的就是赵胜楠。

她和慕云青不一样，作为一个旁观者，她更容易不带感情地去看清很多事。她知道他就是龙曦，他没有否认，她也知道他为何成为沐白，为什么和慕云青近在咫尺却不与之相认。

他所做的一切，都是为了护得云青周全。

他像个虔诚的信徒一样，被一根无形的线绑在慕云青的心上，那根线名为爱情。

真可惜啊，沐白，你爱的不是我，也永远不会是我。赵胜楠的心里，也并不是不难过的。她喜欢他十多年了。十多年的拍档，十多年的默契，或许这是她唯一能帮得上忙的事。如果龙曦的快乐只有慕云青可以给予，那么她不介意再帮他们一次。

三年前，她就已经帮过一次了，再帮一次，也没什么大不了的。

"你打算怎么做？"赵胜楠问。

沐白说："舒明朗已经交代得差不多了，我会放他走。"

"你疯了！"赵胜楠低喝一声，"那样你会很危险。"

"至少比他迟迟不出现，导致舒家人对云青下手要强得多。"沐白知道的，和那些人打交道会是什么下场，但他不得不去做。

三年前的真相他已经全都知道了，但他不愿意让慕云青知道。他怕她会承受不住，怕她会崩溃。

如果她知道，一切的开始竟然是因为她，她一定会自责的，一定会无法原谅自己，她的余生会在悔恨中度过。他不愿意，所以他想要这一切都由自

己来扛。

她什么都不需要知道,她只要静静地等待,等他解决了这些肮脏黑暗的事情之后,换上一身白衣走向她,然后握紧她的手,永远也不要再松开。

慕云青是在中午的时候得知自己将和财务部部长去法国分公司出差的事的。这个消息来得如此突然,突然到她都觉得这个安排让人啼笑皆非。

她将整理好的资料送到沐白面前,说:"我去法国出差的事,是你安排的吗?"

"那边的工作很重要,我需要一个知根知底的人帮我去盯着点。"沐白没有抬头,他的目光一直停留在面前的资料上。

"我记得你说过,我只要做一个月的秘书就可以了,那么是不是说,我从法国回来之后,就可以回原来的部门?"慕云青还有更加重要的事情要做,这些天来,她心力交瘁,根本无法去搜集王氏房产的证据。

"是的。"沐白给了她肯定的答案。

慕云青点了点头,然后转身走出办公室。门关上的一刹那,沐白抬起头看了一眼。她没有回头,所以没有看见他眼底蕴藏的一往情深。

下午的时候,慕云青收拾了不多的东西到了公司。和财务部部长上了车之后,她才发现,开车的竟然是赵胜楠。

慕云青心中有些困惑,只是送她们去机场而已,为什么赵胜楠会亲自开车?她是总裁助理,有那么多的事情要做,怎么有空来做这些琐碎的事?

不过慕云青并不是执着的人，相反，很多事情她都可以不去过问缘由。到了机场之后，赵胜楠替慕云青拖着行李箱，将她送到了登机口。

"你还记得我曾经和你说过的话吗？"赵胜楠将行李箱递给慕云青的时候，缓缓地问她，"记得你答应过我什么吗？"

"我没有爱上别人。"慕云青伸手去接行李箱，赵胜楠却不肯松手。

"我倒是希望你能爱上别人。"赵胜楠嗤笑一声，"你知道吗？我一直都很羡慕你，不，说羡慕是不对的，我对你才不是抱着这种简单的情绪。确切来说，我嫉妒你，我喜欢龙曦十多年，却败给了他对你的爱。"

【三】

"你想说什么？"我觉得赵胜楠忽然对我说这个有点奇怪，而且她特地来送我，应该不会是为了说这种事情才对。

"我想说，如果回到过去，明知道他会离开你，你还会爱上他吗？"她盯着我的眼睛，一字一句，非常清晰地问道。

"我会的。"我无比确定，哪怕历史的指针重来很多次，我依然会爱上龙曦。

我们曾经是两条毫无关系的平行线，可其实在那时，我们就彼此相望了，哪怕一句话都没有说过，却已经将对方的事都本能地记在了心里。

"那么，如果有一天，他再次出现在你面前，你一定要紧紧地抓住，不要再松开手。"说完，她松开了抓着行李箱的手。

我总觉得她的话有些奇怪。

赵胜楠又补充了一句:"如果有机会重来的话,请你一定不要再让他走。"

我不由得苦笑了一下。赵胜楠,你以为你是神吗?你说重来,命运就会洗牌重来吗?

我拖着行李箱进了登机口,上了飞机之后,我透过窗户俯瞰这座城市。

这座慈悲又无情的城,它给了我一切,又夺走我的一切。

沉沉浮浮的人生,在这里安静地上演。

飞机在云层里远行,我在自己的心城里流浪。

从C城到法国,这段旅程既短暂又漫长。在飞机上的我,反而冷静了下来,我开始想很多事,也慢慢地想透了很多事。

飞机缓缓地降落了,我下了飞机,拖着我的行李箱跟在财务部部长身后。那是个四十多岁的女人,很干练。

身边有很多拥抱的情侣,有个长发姑娘朝我前面的一个人飞扑而去,我路过的时候,她对着拥抱她的情人说了一句话:"Çafaitlongtemps!"

我的双脚僵在了原地。这句话很耳熟,我去机场接沐白的那天,他走向我的时候,就是对我说了这样一句话。我当时没有放在心上,甚至都没有去想他到底说了什么,我以为那只是一句寒暄,可是为什么这对情侣,却用了那句话作为开场白?

那句话到底是什么意思?

我忽然很想知道。

"年轻真好，想念对方了就去见。"财务部部长看着那对拥抱的情侣，忍不住感叹道。

"部长，你懂法语吗？"我忍不住问道。

部长点了点头："我大学就是专修的法语，不懂法语来出差，肯定是不行的啊！"

部长是个很开朗的人，我急忙问她："刚刚那个女生跑向那个男生的时候，说的那句话是什么意思？"

部长愣了愣，回想了一下，问我："是Çafaitlongtemps这句吗？"

"对，就是这句！"我用力地点了一下头。

"是好久不见。"部长笑着说，"一般小情人见面或者是老朋友重聚，都会这么说。"

"轰——"

我脑中仿佛绽放开了一朵璀璨的烟火，炸得我的大脑一片空白。

小情侣或者是老朋友，那么为什么沐白在见到我的时候，要对我说这句话？

我仔细地回想了一下那天的情形，我站在接机口，沐白笔直地朝我走来，他甚至都没有东张西望，就那么坚定地走向我，没有一丝一毫的迟疑。虽然我手上拿着接机牌，可是那么远的距离，他是不可能看得清上面的名字的，那么……为什么在他还没有看清自己的名字时，就果断地走向了我？

我的手颤抖起来,好像有什么至关重要的东西在苏醒。我总觉得有什么地方不对,可到底是哪里不对,我又说不出来。

跟着部长去了公司安排好的酒店,稍作休息之后,部长喊我一起去分部开会。

一路上,我反复地思考那个问题。

到了分公司,我木然地跟着部长往前走。

开会的全过程都是用的法语,我根本听不懂他们在说什么,也没有人为我翻译,我的存在并非那么重要。

我想起沐白的话,他让我来这里帮他盯着点,可是怎么看都不是这样的。他似乎只是为了支开我,临时让我和部长一起来了法国。

可是他为什么要这么做?

他是有什么必须要支开我才能做的事吗?

应该没有吧?

我对于沐白来说,只是一个下属才对。

想到这里,有一种强烈的奇怪感觉将我笼罩了。

沐白他想要做什么?或者说……他支开我之后,想要做什么?

在我问过部长,我是不是临时被要求出差的时候,她给了我肯定的答案,这让我更加笃定,我是被沐白支开的。

我心中有些不安。沐白的话,赵胜楠特地送我去机场时对我说的那些话,都让我十分不安。

【四】

而就在慕云青如此不安的时候，C城一场特大车祸正在发生。

一辆劳斯莱斯撞上了一辆悍马，另一辆布加迪从侧面撞了上去，三辆豪车撞在了一起，就在C城的市中心，人来人往的十字路口。

烟雾弥漫，人们在惊叫，阳光惨淡而悲伤，血从车下流出来，救护车和警车的鸣笛声响彻天际。

谢安昀不知道，在那一瞬间，他是怎么做出这样的选择的。

当他恰好看到沐白的车被另一辆车穷追不舍，眼看就要撞上去的时候，他用力踩下了油门，试图将那辆车撞飞。

他明明并不是那么勇敢的人，他是个胆小鬼，以至于爱了慕云青十多年，却一直不敢说出口。他用别扭的方式关心她，用沉默的陪伴试图治愈她伤痕累累的心，可是龙曦回来了，他的一切感情就变成了多余。

在这种情况下，他不知道自己到底是怎么想的。他唯一的念头就是龙曦不能出事，如果龙曦这次真的死了，那么身在黑暗中的慕云青，就永远无法走出来了。

于是他撞了上去，三辆豪车在十字路口撞在了一起，这场特大车祸酝酿成灾。因为惯性，他直接从敞开的车篷飞了出去。

有那么一瞬间，他觉得自己是一只自由自在的飞鸟，在最接近蓝天的地方流浪。

岁月终将各自美丽

十一岁那年,他不知道自己会爱上一个倔强的姑娘,就像是飞鸟爱上海里的鱼。从那以后,他奋不顾身地用自己的方式去关心她,虔诚得仿佛最忠诚的信徒。

他看见了九岁的慕云青,看见了十六岁的慕云青,然后看见了十八岁在雪地里徘徊的自己,那时候的自己是什么样的心情,他已经记不清楚了。

他低下头,看到劳斯莱斯里沐白满脸是血地趴在方向盘上。他睁着眼睛看着谢安昀,眼底是深切的悲伤。他的嘴一张一合,仿佛在说着什么,可是谢安昀听不见。

世界安静极了,他感觉不到疼,他狠狠地摔在了地上,血在他身下晕开,仿佛是废墟之中开出了一朵娇艳的花。

为什么要这么做?

大概是因为舍不得慕云青皱眉头,大概是见不得她绝望的眼神,大概是不想再看一次她崩溃的样子。

只是,慕云青,如果你知道我死了,你会稍微难过一下吗?

会觉得遗憾吗?

你的心里会稍微留下一点印记吗?

谢安昀想,自己真是奇怪,明明是个胆小鬼,却做了这样的事,明明想明哲保身,最终还是把自己搭了进去。

慕云青,我是你的信徒,可是,你是我的什么呢?

陌生人?朋友?

他仰头望着天空，烟雾弥漫，他看不清蓝天白云。他的视线已经很模糊了，意识也在游走，最后的最后，他用尽全身力气稍微转了一下头。

他看到了不远处困在车里血流不止的沐白，他努力地想保持清醒，努力地想要喊出他的名字。

谢安昀和龙曦，他们是C城最奇怪的朋友组合，一个冷静自持，一个嚣张跋扈，从小到大，他们是挚友。只是，龙曦大概永远都不会知道，在那些肆意挥洒青春的岁月里，谢安昀也和自己一样，深深爱着那个叫慕云青的女孩。

他不知道，并且永远不会知道。

谢安昀曾以为龙曦和慕云青是两条永远不会相交的平行线，直到这个时候他才知道，不是这样的，他们是并肩前行的两条线，而他交岔路过他们的生命，短暂的陪伴同行之后，便是永无交集的分叉路。

现在路口到了，他要先去别的地方了。

龙曦，请你一定要活下去，活下去……

怀着这样的念想，他的意识终于变得一片空白，最后，坠入了无尽的黑暗之中。

现场混乱无比，另一辆车里坐着两个人，司机当场死亡，而后座坐着的那个人，分明是舒明朗，他的双脚被挤在里面，因为巨大的疼痛而昏厥了过去。

沐白还没有晕过去，他咬着舌尖，强迫自己保持清醒。他看着谢安昀，

第八章 Chapter 08 清风徐来

他在喊谢安昀的名字,可是谢安昀听不见。

他看见了谢安昀涣散的目光,看见了谢安昀眼底的最后一抹光彻底消失,如同熄灭的烟火一样,只留下一地灰烬。

"谢安昀!"在最后一次喊出这个名字之后,沐白一口血吐出来,便眼前一黑,彻底失去了意识。

与此同时,远在法国的慕云青,她的手被锋利的纸张割破了,红豆一般的血渗了出来。也是这一瞬间,仿佛有一道电流穿过全身,让她混沌的大脑变得一片清明。

那些似曾相识,那些隐忍晦涩,她彻底明白了。

Ça faitlongtemps.

好久不见,慕云青!

好久不见,龙曦!

第九章 Chapter 09
最 美 遇 见 你

遇见你,真好。

【一】

慕云青不知道自己是怎么挨到会议结束的,她几乎是迫不及待地回了酒店。将不多的行李随意收拾了一下,她打开手机给沐白打了一个电话,然而电话没有人接。

她想,沐白现在应该还在睡觉吧。

六个小时的时差,却无法阻断她急切的心情。

她想见到他,她想立刻、马上见到他。

她给他发了一条短信,告诉他,她马上就会回去,并且她已经知道他就是龙曦了。

她高兴极了,她给谢安昀打了一个电话,想告诉他这个好消息,只是谢安昀的手机却关机了。她想,等她回去之后,再和谢安昀说这件事吧!

她拖着行李箱奔赴机场,买了时间最近的机票。在候机室里,她只希望时间快一点，再快一点。

而此时，远在C城的赵胜楠，却迫切地希望时间走得慢一点，再慢一点。

她是从车载广播里听到那场车祸的消息的，当时她才从检察院出来，正打算去和沐白会合，然而那条消息让她一瞬间手脚冰凉。

她赶去了车祸现场，那里已经有交警在处理了，而沐白和相关人员都被送去了医院。于是，她马不停蹄地赶去了医院。也是这个时候她才知道，谢安昀也被卷进了车祸，并且当场死亡。另一辆布加迪的司机也当场死亡，坐在后座上的舒明朗虽然失去了双腿，但他好歹活了下来。

沐白还在手术室，"手术中"的指示灯还没有熄灭，赵胜楠坐在走廊里的长凳上。此刻，她的心备受煎熬。那么惨烈的现场，她完全能够想象得到那是怎样可怕的车祸。而沐白，他曾经经历过一次车祸，再一次面对这种事，又会是怎样的心情呢？

赵胜楠不敢想象，也无法想象。

这时候手术室的门终于开了，一个戴着口罩的医生走了出来，他看着赵胜楠问："你是赵胜楠小姐吗？"

"是，我是！"赵胜楠连忙走上前去。

医生挥了挥手，示意她跟上去。

她穿上防护服走了进去。手术室里的气氛非常凝重，尽管已经有了心理准备，可是当她看到手术台上伤痕累累的沐白时，她还是不争气地红了眼

眶,心狠狠地疼了起来。

他身上有陈旧的伤疤,那疤痕还不曾消失,现在又布满了新的伤口。

只是看着那些旧伤,她就能够想象得到,三年前,他到底经历过什么,才从地狱里重新爬回来了。

他不能死,不想死,不可以死。

如果他死了,慕云青要怎么办呢?她真的只有一个人了啊!

抱着这样的执念,他奇迹般地生还,换了一张脸,换了一个身份,默默地回到了慕云青身边。

赵胜楠深吸一口气,用力憋回了眼里的泪意,这个人到底有多爱慕云青,为什么伤痕累累仍然执着地爱着她?

她走过去,沐白疲惫地睁开眼睛,他说话的声音含糊不清,但是她听得懂。

"不要……不要告诉她。"他不想让慕云青知道他是谁,尤其是在他生死不知的情况下,他不要她为自己伤心两次,就让她以为,离开的只是陌生人沐白,否则她一定会崩溃的。

她已经活得那么艰难了,已经背负了那么沉重的过去,他不愿意让她再多经历一次这么沉痛的生离死别。

"可是……"

赵胜楠不甘心,为什么他做到这个地步,慕云青却可以什么都不知道?她觉得这不公平。

"胜楠。"他的眼神忽然变得锐利无比,"不要告诉她!"

"那你就努力活下来啊!"赵胜楠再也忍不住,发出一声怒吼,"我凭什么要答应你?我为什么一定要答应你?如果你不愿意看她难过,你就努力活下来!你不能死在黎明之前,你得活下来,和她一起看那美丽的日出!觉得不能让她再次面对你的死亡,那就不要死!"

赵胜楠觉得非常生气,她头也不回地离开了手术室,走出去的一瞬间,她再也忍不住,蹲在医院走廊的地上号啕大哭起来。

她不是个情绪外露的人,这么多年,她一直隐藏着自己的感情,就像谢安昀一样,不让喜欢的那个人知道。

当所有的情绪都到了临界点,她再也无法忍受。

老天爷好不公平,要让董永离开七仙女,要让织女、牛郎银河永隔,要让彩蝶难双飞,要让龙曦离开慕云青。

她一开始的确是不甘心的,可是后来她输给了他们对彼此的爱。她想,如果这辈子龙曦一定要和人相爱,那么那个人大概只有慕云青。

他一直隐瞒着要做的事,就在今天一切都结束了,世界就要海阔天空、雨过天晴了,他却倒在了最后一步,这让她如何能接受?

甚至到最后了,他还想隐瞒着,一直隐瞒下去。

他到底想要背负多少秘密,不惜弄脏自己的双手,也想还她一片晴空?

怎么会有人傻成这样?

又怎么会有爱浓烈到这种地步?

她是真的心疼他啊!

【二】

这一切,要从三天前说起。

沐白打开地下室的门,忽然照进来的光让舒明朗下意识地移开了视线。

沐白开了灯,找了一张椅子坐下,拿着一本书慢慢地看。这些天来,他就是用这种方式慢慢消磨掉舒明朗最后一点意志的。

终于,舒明朗像竹筒倒豆子一样,将一切都告诉了沐白。

三年前,慕氏集团原本想通过联姻扩充势力,并且拿到舒氏集团那块地。当时王氏房产也在联系舒氏集团,并且许下了很多好处。慕氏集团对那块地志在必得,因为拿到那块地,慕氏集团在C城的地位将稳如磐石,无人能够撼动。慕长天许给舒氏集团两亿的嫁妆,并且当场写下了一张欠条,以示诚意。

和慕氏集团联姻,似乎要比和王氏房产合作更加稳妥,关键是舒明朗的确到了适婚年龄,于是就有了元宵晚宴上,两家大人撮合舒明朗和慕云青的事。

可惜的是,慕云青并不喜欢舒明朗,舒明朗举止轻浮,慕云青拒绝了他。

随后慕长天恼羞成怒,因为和舒氏集团的合作至关重要,但当他听闻舒明朗的轻浮举止之后,却做出了一个很惊人的决定。

不知道是不是他还残留了一点亲情，又或者是他是爱慕云青的，只是不善表达，让自己和慕云青的关系如同敌人一样，彼此张开满身的刺，伤害对方，也在伤害自己。

他放弃了和舒氏集团的合作，他反悔了。舒贺年当然不痛快，觉得是慕长天看不起自己和自己的儿子，毕竟舒氏集团和慕氏集团的联姻，连嫁妆都许好了。

临门一脚，慕氏集团却变了卦，舒氏集团自然不甘心。既然慕氏集团不识抬举，那么他当然乐得和一直想要踏足C城房产的王氏房产合作。

在慕氏集团和舒氏集团关系最融洽的时候，舒氏集团趁机得到了很多慕氏集团的内部信息。舒贺年转手将这些信息卖给了王氏房产。那些信息里，有一样，是慕氏集团所有股东的名单。王氏房产在慕氏集团浑然未觉的情况下，将那些股东全都策反了。

慕长天意识到这些的时候，大势已去，根本无法挽回了。他趁着慕氏集团还没有倒台，为了不让慕云青和慕狄背负巨额债务，申请了断绝父女、父子关系，试图将一切损失全都自己揽下。

然而他没有料到，舒贺年会丧心病狂到拿那张欠条去威胁慕云青。

舒贺年是个锱铢必较的人，但他也没有料到，王氏房产会为了一块地绑架了慕狄。

那天慕狄本来是想代替慕云青去找舒贺年的，然而才出门就被王氏房产的人带走了。慕氏集团所有的财产都被银行收缴，但是慕长天给慕云青留下

了巨额保险金,给慕狄留了一份核心商业区的地契。

王氏房产为了得到那块地,绑架了慕狄。慕狄以为是舒贺年干的,将慕长天留下保险金的事说漏了嘴。王氏房产收买慕氏集团股东花了不少钱,既然已经绑架了慕狄,那就索性勒索慕云青将保险金拿出来。

也是那个时候,舒贺年给王陈锋打了个电话,电话里舒贺年提醒王陈锋不要做得太过火,因为以慕云青和龙曦的关系,一旦慕云青真的有什么危险,龙氏财团不会坐视不管。

王陈锋进攻C城的势头很足,他当然也知道龙曦和慕云青的关系,他一早就在调查龙氏财团,知道龙家除了龙老爷子之外,都在国外,顿时恶向胆边生,策划了那场特大车祸。

他和舒贺年说这些的时候,并没有背着慕狄。慕狄心中惊愕无比,他没想到,这些人对付了慕氏集团,竟然还不放过龙家。

他趁机挣扎着给慕云青发了一条短信,"龙家,小心。"

他是为了让慕云青提醒龙曦要小心一些,然而因为太仓促,这四个字表达的意思太过隐晦,慕云青没有看明白。

或者就算慕云青看明白了也没有意义,因为王陈锋还是会动手。他不是什么光明磊落的人,王氏房产做到这么大,背后这些肮脏龌龊的手段数不胜数。

因为慕狄听到了那些,王陈锋原本想要放过慕狄的心思就变了。他带走了慕狄,让一群亡命之徒将他带到偏僻的地方杀掉,慕狄的手机被他半路截住了。

他去找了舒贺年,用威逼利诱的方式,让他替自己死守这些秘密。舒贺年并不傻,当然不会做自掘坟墓的事。他用慕狄的下落换取了慕云青的保险金,慕云青已经一无所有,完全构不成威胁了。

然而他们没有想到,龙曦没有死,他侥幸逃生,换了一张脸、换了一个身份再次回到了这座城市。

这一次,他是带着与这些人同归于尽的心思绝望归来的,他要把他们一网打尽!

舒明朗看着沐白的脸色,本能地觉得害怕。他说完了他知道的一切,可是沐白仍然一脸肃然的表情,甚至眼神里现出了一丝杀机。

"你知道我是谁吗?"沐白忽然对着舒明朗笑了一下,舒明朗顿时胆战心惊,汗毛都竖起来了。

"你是谁?"他一直觉得沐白不可能只是一个局外人,可是他偏偏记不起沐白的长相,他绞尽脑汁都想不出沐白是谁。

"我是龙曦。"沐白饶有兴味地看着舒明朗的脸色剧变,他一脸见了鬼似的表情看着沐白。

"不可能!你不是死了吗?早在三年前就死了啊!"舒明朗更害怕了,龙家是怎么败落的,他比谁都清楚。

当年龙家三口人都死在车祸里,龙老爷子一蹶不振,商场连连失势,最

终豪门龙家也没落了。

"我死了,谁来送你们下地狱?"沐白说到这里,语气冷极了,他找出舒明朗的手机,一边拨舒贺年的电话号码,一边对舒明朗说道,"让他把王氏房产和舒氏集团见不得光的材料一起送过来,否则他连你的尸体都找不到。"

舒明朗早就吓破了胆,沐白怎么说,他就怎么做。

舒贺年正为了寻找舒明朗忙得焦头烂额,他实在想不到在C城有谁敢绑架舒明朗,但是那天晚上,监控显示舒明朗和慕云青一起消失了,他想去找慕云青问清楚,可是这时候有个神秘人发来了一条短信。

那人威胁他,要是他敢去找慕云青的麻烦,那么就只能给舒明朗收尸。

舒贺年不知道真假,但他到底是谨慎的人,没有轻举妄动,打算先弄清楚发短信的人是谁,再去找慕云青的麻烦。

然而还没等他这么做,舒明朗的电话就打了回来。

面对对方要他拿那些材料去换人的要求,舒贺年震怒无比。他非常想摔电话,可是他没有那么做。他知道,只要自己敢这么做,舒明朗就活不了。

而且舒明朗还告诉舒贺年,3C集团的新任总裁就是当年的龙曦。

他回来了,他是回来报仇的。

舒贺年认识到这一点,几乎没有迟疑地就答应了龙曦的要求。

准备材料自然是需要时间的,他要了三天的时间。他几乎是一挂断电话就让人去找慕云青,然而在得知慕云青已经去了法国时,他的心沉到了谷底。龙曦是有备而来的，他不可能犯这种低级错误。

舒明朗打完电话，稍微安心了一点，也稍微有了一点底气。

"只要材料给了你，你就放了我，你是这么说的，对吧？你要说话算数！"舒明朗是个惜命的人，他还没有玩够，哪里甘心就这么死了？

沐白冷笑了一声，说："我没兴趣要你的命，为了你弄脏我的手，你还不配。"

三年前，他没有死，龙老爷子当然是知道这件事的，否则他早就承受不住打击，撒手人寰了。为了避开王氏房产的锋芒，龙氏财团低调了很多，生意的重心也放在了国外。龙曦成为了沐白，而曾经的龙氏财团控股成为了现在的3C集团。

他隐忍三年，为的就是将幕后黑手送入监狱。伤害过他和慕云青的人，他一个都不会放过。

舒贺年很识时务，他很快主动约定了交易地点。

沐白找了赵胜楠帮忙，他知道，舒贺年不会那么轻易地让自己带走材料。他将舒明朗再次塞进后备厢。舒贺年约的地方就在曾经慕狄死去的那个仓库。他没有和舒贺年见面，而是让他将材料放在某个地方，他将舒明朗放掉之后，就带着材料离开了。

在一个岔路口，他将材料给了早就等在那里的赵胜楠，他只要拖住舒贺年，拖到赵胜楠将材料递交给检察院就够了。

然而他没有料到，舒贺年会用那么极端的方法来阻拦他。

舒明朗自由之后，所有的胆怯都变成了愤怒，他比谁都知道那些材料意味着什么，那意味着舒家和王家会一起被制裁，等着他们的是倾家荡产和牢狱之灾，他不能让那种事发生。

几乎是一瞬间他就已经做出了决定，他让来接他回家的司机开车狂追沐白，在那个十字路口——拐向检察院的那个路口，舒明朗让司机开车朝沐白撞了过去。

如果不是谢安昀插了一脚，沐白一定已经当场死亡了，然而因为谢安昀，一切都不一样了。

当检察院的人敲开舒贺年办公室的大门时，舒贺年知道一切都完了，全完了。

舒明朗没能阻止沐白，他原本以为那场车祸能阻止沐白将材料交上去，然而现在，舒明朗残疾了，而他拼命想要拦下的材料，早就被送到了检察院。

【三】

慕云青从未这么期待回到C城，因为她所有的悲伤都来自于这里。如果可以，她并不是没有想过要永远离开这里。

然而她此时的心情万分迫切，她心里很期待，期待下了飞机就能见到沐白——不，龙曦。

她曾以为已经死去的那个少年，他还活着，现在细细想来，沐白的种种小细节，都和龙曦完全一样。她是局内人无法看明白，然而现在她知道了，她全都知道了。

她甚至想过，找到沐白之后，要怎么告诉他，她已经什么都不在乎了，她只想和他就这么好好地在一起，一直走下去。

飞机终于落了地，她雀跃不已，拖着行李箱直接去了公司。她几乎没有停顿就直接冲上了顶楼，然而那里空荡荡的，什么人都没有。

"沐总今天没来上班吗？"她拉住赵胜楠的秘书问了一声。

那秘书有些惊讶地看着她："你不知道吗？新闻都出来了，沐总出了车祸，现在人躺在第一医院里呢。"

慕云青的瞳孔急剧地放大又收缩，在大脑还没来得及做出反应之前，身体已经冲了出去。

"云青，你的行李！"秘书看着慕云青奔跑的样子，有些吃惊，她试着喊了慕云青一声，她却仿佛听不见一样。

此时的慕云青，满脑子都是龙曦出了车祸的事。

三年前，龙曦九死一生；三年后，他将她送走，又一次遭遇了车祸。

他一定是做了什么吧？所以三年前的肇事者得知他还活着，再一次用这种笨拙却致命的方式要置他于死地！

慕云青心中焦急无比，她一边跑一边给沐白打电话，电话仍然打不通。她改为打给赵胜楠，也不知道赵胜楠在做什么，一直没有接电话。她一咬牙，将手机抓在手里，穿着高跟鞋就跑了起来。跑着跑着，她发现速度不够

快,便索性脱了鞋,就这么光着脚在柏油路上奔跑。

她是那么着急,都忘记了可以坐车过去。她心中惶恐,整个人都被恐惧笼罩。想明白沐白就是龙曦的那一瞬间,她是那么高兴,可是现在她还没来得及体会这种喜悦,便又被打入了地狱之中。

到底这一切是怎么回事?

沐白,你现在到底怎么样了?

你不要死啊,不要死!

她心中不断地祈祷,三年前她没有来得及去看他,三年后她想要抓住他。

赵胜楠对她说过,如果一切能够重来,那么,慕云青,这一次你要抓住他。

其实赵胜楠在之前就暗示过她,可惜她那时候没能想明白。

她一口气跑到了医院,气喘吁吁,浑身是汗。

小护士看到她,几乎是用看疯子的眼神注视着她。

不用看也知道,她现在的样子一定十分狼狈吧!

"沐白……沐白在哪里?"她抓住小护士问了一声。话说出口的时候,她才发现自己的声音颤抖得厉害,不但颤抖,还沙哑、生硬,几乎无法形成清晰的语调。

但那个小护士还是听明白了,她指着前面说:"沐先生还在手术中。"

慕云青松开小护士,飞快地朝前走,小护士一把抓住她:"你的脚受伤了，需要治疗。"

"我没事。"慕云青挥开小护士的手，跑向了手术室。

小护士站在原地发愣。

慕云青的脚被磨破了，血流出来，在地上留下一个一个血印。

小护士想，沐白对这个女人来说，一定非常重要吧，重要到她都忘记了疼痛，忘记了她自己。

慕云青终于跑到了手术室前，远远地，她看到了一个人。

是赵胜楠，她静静地坐在那里，整个人仿佛已经变成了一座雕像。

慕云青慢慢地走近，赵胜楠抬起头看了她一眼，在看到她的表情时，赵胜楠就知道，她一定已经想明白沐白和龙曦之间的关系了。

果然，慕云青问她："龙曦，他怎么样了？"

赵胜楠轻轻摇了摇头，什么都没有说，她不知道自己开口说什么才合适。她多想大声骂她，可是慕云青从头到尾什么都不知道，而且沐白不希望慕云青知道那些。所以就算再痛苦，赵胜楠也没有开口说什么，该说的不该说的，她全都藏在了心里。

"到底发生了什么事？"慕云青不明白，"走之前，不是还好好的吗？"

"车祸。"赵胜楠哑着嗓子开了口，"三辆车相撞，两人当场死亡，沐白还在手术中。"

"沐白……伤得重不重？很重吧？"慕云青一下子瘫坐在了地上。

赵胜楠看到了她的双脚,那双本来白皙的脚脏兮兮的,一片血肉模糊。

她到底光着脚跑了多久的路,才让自己的脚伤成这样啊?

赵胜楠稍微释怀了一些,其实这个世界上,最不希望沐白出事的人,是慕云青啊!

"你不问问当场死亡的人都有谁吗?"赵胜楠轻声说。

慕云青摇了摇头。她的一颗心很小,容下一个龙曦之后,就再也容不下第二个人了,别人怎么样都好,她已经不关心那些了。

"你还是知道一下吧。"赵胜楠却想让慕云青知道。

看到谢安昀,她就想到她自己,他们都是别扭至极的人,喜欢一个人那么多年,像个傻瓜一样陪着,却又像笨蛋一样,看着他们走远,看着他们和另一个人在一起,却还要微笑着说声恭喜。

所以最后的最后,赵胜楠希望慕云青知道谢安昀已经出事了,至少……至少让她知道,那个人已经不在这个世界上了。

"谢安昀。"赵胜楠的声音带上了一丝哽咽,"谢安昀死了。"

"啊?"慕云青怔住了,她双眼失神地看着赵胜楠,"谁?"

"谢安昀。"看到她并非全然不在意,赵胜楠心里稍微平衡了一些。

这是不是说明他们的存在并非是多余的,多多少少都在那个人的心里留下了一些印记,或深或浅,但绝对不只是陌生人。

"怎么会这样?"慕云青很震惊。一直以来,谢安昀的存在已经成了理所当然,他是一个朋友,一个很重要的朋友。在她最需要帮助的时候,只有他站出来帮助了她。可是现在，赵胜楠告诉她，谢安昀死在了车祸里，这让她一时之间做不出任何反应。

"车祸……很严重。"赵胜楠说，"所以，慕云青，你要有心理准备，或许沐白他……"

"不会的。"慕云青打断赵胜楠的话，她害怕听到那个字眼，她不想听到那个字眼，"他会好起来的，他一定会好起来的！"

赵胜楠没有再说什么，她和慕云青一起保持着沉默。

"谢安昀……现在在哪里？"过了很久，慕云青声音嘶哑地问道。

赵胜楠抬起头，回道："已经被谢家的人领走了。"

"你能告诉我，这一切到底是怎么回事吗？"慕云青怎么想也想不明白，为什么自己才去法国短短几天，身边最重要的两个人就一个死一个重伤。

可是，不管她怎么问，赵胜楠就是不肯开口解释。

时间一分一秒都变得非常煎熬，终于，"手术中"的提示灯熄灭了。这场持续十个小时的手术，让手术室的医务人员全都筋疲力尽了。他们一个个眼睛里布满血丝，表情都看不出是喜还是忧。

慕云青跑过去抓住主刀医生问："怎么样了？手术怎么样了？"

"手术还算成功，但是病人在手术过程中有短暂的休克，是脑部缺氧造成的，还不知道能不能醒来。"医生的表情很凝重，对于沐白能不能好起来，并不是很乐观。

手术结束了,沐白被转入了重症病房,接下来的二十四小时内,沐白随时有可能停止呼吸。赵胜楠回公司去了。龙老爷子知道沐白出事了,现在已经赶了过来。

一时间,就只剩下了慕云青一个人。她守在病房外面,谁都喊不走她。她脚上的伤口已经不再流血,但轻轻一触碰就会疼。

中午的时候赵胜楠来过一次,看到慕云青仍然呆呆地坐在那里,不哭不笑,不吵不闹,安静得如同一座雕塑。

赵胜楠心中一酸,难受得说不出话来。

她将一双软底拖鞋套在了慕云青的脚上,慕云青冲她微微笑了一下。那一瞬间,仿佛雨后彩虹现,赵胜楠第一次觉得,原来一个人的笑容可以这么美。

她有些明白龙曦到底为什么会这么爱慕云青了。

慕云青是个好女孩,她的确值得龙曦去爱。

一直以来,赵胜楠都觉得是龙曦深爱着慕云青,直到现在她才知道,原来慕云青远比她以为的要更爱龙曦。

"我晚点再来。"赵胜楠没有强行拉走慕云青,而是让她一个人就这样留在了那里。

她不知道龙曦到底能不能活过来,这或许是慕云青能陪伴龙曦的最后的时间了。

尽管很残忍,可是至少龙曦还没有停止呼吸,至少……至少慕云青就在离他咫尺的地方,不是吗?

所以,龙曦,你爱的姑娘就在这里,如果不想让她这样失魂落魄下去,你就赶快醒来吧!

【四】

身体,知觉,这一切好像已经离我远去了。

我站在一旁,看着自己像个疯子一样守在重症病房外面。我不知道为什么上天对我如此残忍,总不肯厚待我,在让我知道龙曦仍然活着的时候,却让我面对他就要死去的现实。

如果这个世界上真的存在神明,那么可不可以拜托你们,拜托你们别让他走?

这个世界这么大,这么繁华,可是我只有他了。

我只剩下他了,他就是我的命啊!

二十四小时,我因为疲惫而沉睡,又因为惧怕而清醒。每次醒来时,我都要看一眼病房里面的那个人还在不在,害怕睁开眼睛他就不在这里了。

当我又一次醒来时,发现自己被安置在一张床上。我惊得坐起来,四处张望着寻找沐白的身影。

"他还没有死。"一个有些苍老的声音传入我的耳中。

我慢慢地找回了自己的思绪,视线渐渐有了焦点,一个满头白发的老人出现在我的面前。我见过他,他是龙老爷子,也就是龙曦的爷爷。

听到他说龙曦还没有死,我的眼泪几乎夺眶而出。

我抬起手背抹掉眼泪,颤声问:"他在哪里?龙曦在哪里?"

"他就在外面的病房,只是还没有醒过来,医生说他熬过了二十四小时的危险期,至少性命无碍了。"龙老爷子在沙发上坐下,"但是,他脑部缺氧时间太长,醒来的可能性很低。"

"他会醒来的。"

我爱着的龙曦,他曾经从鬼门关爬回来一次,我相信他一定能再回来一次的,因为我还在这里啊!

他说过,不会让我一个人的,他说过的!

"我也希望他能醒来。"龙老爷子轻轻叹了一口气,然后说,"能麻烦你留下来照顾他吗?"

"您不说我也会的。"我看着他,很坚定地说,"虽然现在的我,已经不是什么慕家大小姐,或许没有资格站在龙曦身边,但是,爷爷,我想留下来。不管发生什么事,不管我还有没有资格,我都不会离开龙曦的。他醒不过来我就照顾他一辈子,他醒来了我就和他好好地在一起过一辈子。"我冲他微微笑了笑,"所以……我能和他在一起吗?"

龙老爷子的眼睛有些泛红,他偏过头去,轻声说:"如果能阻止或者想阻止,三年前就不会让你们开始。"

"谢谢。"我忍不住哭出声来,"谢谢您,爷爷,谢谢……"

我以为我已经失去了待在他身边的资格,却原来在更早的时候我就已经被接纳。

是啊，龙曦怎么可能让我陷入那种不被承认的境地？他怎么可能呢？

"好孩子，我们家的龙曦就拜托你了。"他站起来，很认真地冲我颔首，然后缓缓地走了出去。

我就这么静静地看着他走出去。他真的老了，头发花白，连脚步都有些蹒跚。

是啊，相较我的家破人亡，他又何尝不是呢？更何况，他还是白发人送黑发人。好不容易熬到龙曦重生，结果，老天又让他再次承受这样的打击。这对一个年逾七旬的老人来说，实在太过残忍。

我下了床，想去看看龙曦。

这里是医院顶层的豪华套房，外面是病房，里面是陪护人员休息的地方。龙家就是龙家，低调不等于败落，龙只是收起了利爪，等到一切风平浪静，它就会回到原来的飞翔轨道。

直到现在，我才感觉到了疼，双脚火辣辣地疼。我穿着拖鞋走了出去，龙曦躺在病床上，他睡得很安详，脸上还带着伤。

"龙曦。"我伸手碰了碰他的脸，"我就在这里，我一直等你醒来，一直等你，所以如果累了就多睡一会儿，没关系的，我等你。"

我不知道，这个等待的时间，会持续多少年。

龙曦陷入沉睡之后的第一个月，我知道了王氏房产和舒氏集团倒台的消息，因为非法交易，它们的所有财产都被没收了。舒贺年当初非法从我手里

抢夺的一亿保险金也被送回到我的手上。

王陈锋对杀害我弟弟慕狄的事供认不讳,原来,他一开始掳走慕狄,是为了他手上的地契。为了一张地契,就残忍地杀害一个未满十六岁的少年,这种灭泯人性的商人,余生就好好在监狱里度过吧!

我这才知道,原来龙曦也在收集王氏房产和舒氏集团的罪证,他将我送去法国,是为了保护我。他和谢安昀之所以会出车祸,也是因为舒明朗的恶意报复。舒明朗双腿被截肢,下半生估计也要在忏悔中度过了。

"一切都好起来了,已经都没事了。"我拿毛巾替龙曦擦了擦脸。

两年过去了,他身上的伤口都已经恢复了,只留下那些伤疤,诉说着他经历过怎样惨烈的祸事。

曾经他用了三年的时间才再次站在我面前,这一次要用多久呢?

多久都没有关系的。

我握着他的手,慢慢地和他说话,因为这一次,我会陪着他,时间是一辈子。

只要我没有停止呼吸,我就会一直在这里。

赵胜楠有时候会来看望我和龙曦。现在的我们住在郊区的一家疗养院里。这里环境非常好,这样的环境更有利于龙曦苏醒。

明天就是谢安昀的忌日,也是龙曦沉睡两年的日子。

我早早买好了一束白色百合花,打算中午的时候去给谢安昀扫墓。

他活着的时候，总是在龙曦死去的那天陪我喝酒，如今龙曦还活着，他却不在了。想起从小到大在各种宴会上遇到谢安昀的情景，想起他总是挖苦我、嘲笑我的样子，想起他在我最危难的时刻朝我伸出援手，我心里就难过起来。

那么活生生的一个人，我生命中最重要的朋友，竟然连最后一面都没让我见到。

我忍不住絮絮叨叨地跟龙曦说起他不在的那三年里，所有有关谢安昀的事。

说着说着，我就看到龙曦的睫毛轻轻颤了颤。我没有反应过来，直到他的眉头微微皱了一下，我才猛地停止了说话，瞪大眼睛飞快地跑了出去，一边跑一边喊医生。

医生听到我的喊声，飞快地跑了过来，检查的结果是，龙曦的脑部活动非常活跃，有醒来的迹象。

"龙曦，龙曦，我知道你听得见我说话！"我紧紧握着他的手，"你不想见我吗？我是云青，慕云青。你说过你一定会回来。三年前我在机场没等到你，你还要让我继续等下去吗？"

"虽然我不介意多等你几年，可是，龙曦，能不能拜托你呢？"我凑近他耳边说道，"拜托你，快点醒过来吧！"

我的话音刚落，龙曦的眼皮动了动，然后他终于睁开了眼睛。

所有人都震惊了，没有人相信龙曦还能醒来，只有我没有放弃，因为我

知道,他一定会回来的。

因为这个世界上,我唯一有的只有他了,他不会忍心丢下我一个人的。

五年前他能努力从地狱门口爬回来,五年后他也一定可以撑下去的。

"云青?"他怔怔地看着我,目光好一会儿才有了焦点。

他似乎慢慢地找回了自己的记忆,好久好久,他抬起手来轻轻触了触我的脸:"好久不见,还有……久等了。"

我扑进他的怀里,再也忍不住,大哭出声。

还好等到你!

还好没放弃!

尾声
Epilogue

龙老爷子是和赵胜楠一起赶过来的,已经头发花白的老人,第一次落了泪。在龙曦刚刚变成植物人的时候,他没有哭;现在龙曦醒来了,他落泪了。他拉着龙曦的手说了很久很久的话。

慕云青和赵胜楠坐在外面的长椅上,微风拂面,一切安静极了,让人有一种岁月静好的感觉。

如果可以一直这么走下去,那么大概就是此生最幸福的事了。

"前半生那么坎坷,接下来的人生,一定会顺利的。"赵胜楠回头对慕云青笑了,"要相信,不会有人一直不幸的。"

"我知道。"慕云青微微笑着,神色宁静而美好,"遇见龙曦,就是我这辈子最大的幸运。"

傍晚的时候,慕云青用轮椅推着龙曦去给谢安昀扫墓。龙曦膝盖上放着一束百合花。才醒过来的龙曦,脸色无比苍白,虽然有些衰弱,但他还活着,好好地活着。

"我和安昀单独说会儿话。"龙曦回头对慕云青说。

"好。"慕云青点了点头,慢慢地走向一边。慕狄和爸爸的墓也在这里,她顺路去看了一下他们。

就剩下龙曦待在谢安昀的墓前,长久的沉默之后,他终于开了口:"谢谢你,安昀。还有,我知道的,你喜欢她。"

最后的最后,龙曦明白了谢安昀眼里的感情,他撞开舒明朗的车,是为了救自己,也是为了救慕云青。

谢安昀知道,如果龙曦死了,慕云青会一辈子都好不起来,甚至有可能会冲动之下跟着龙曦一起去死。

"你放心吧,我会和云青好好的,因为……"他回头看了慕云青一眼。

黄昏的晚霞很瑰丽,她一身白色连衣裙,美好又宁静,仿佛那就是岁月尽头最温婉的模样。

"我最爱她了。"

仿佛感觉到了龙曦的视线,慕云青缓缓地回过头来。他们隔着一段红尘遥遥相望。

他们知道的,美丽的明天,一定就在晚霞之后等着他们。

遇见你,真好!

尾声 Epilogue

注意！一大波狗粮来袭……

时隔五年，"欢舟恋"终成眷属，一直被冠以"后妈"之称的奈奈这一回居然超级大方，广发狗粮，"单身汪"们千万要自带防护盾，以免受到一万点伤害！

【第一波狗粮】 1

本来还在犹豫的白桐看到手机上的时间跳到5点20分，突然就果断地点开微信，选择了转账，数额是46元，转账备注只有两个字——"早安"。然后，白桐对着手机屏幕就傻笑起来。
今天是他们认识的第46天，以后的每一天，他都会按他们认识的天数给她转账，而今天的时间定格在了5点20分，520，我爱你。

2 【第二波狗粮】

"你知道打电话来的是谁吗？"
"费浩然啊，我认识字。"
"那……那你知道费浩然是谁吗？"
"我当然知道，那是和我从小一起长大的哥儿们，一起打过架、一起逃过学，也一起奋斗过的兄弟……所以呢？"
"那你为什么还要挂他的电话？"
"为什么不能挂？就算是好兄弟，也不能打扰我和你吃早餐啊！"

【第三波狗粮】 3

"所以，我这一大早地跑过来，就是为了来当个大电灯泡吗？"
"对，兄弟，你这是何苦？"
"你这么说，那今天我这个电灯泡还就当定了。"费浩然虽然这样说，却依然紧紧抱住乔欢，用力拍了一下他的后背，"欢迎回来，兄弟。"
"嗯，见也见过了，抱也抱过了，你现在可以走了。"

4 【第四波狗粮】

"等一下。"
"嗯？我就知道，你是不是被我一大早跑来看你的行为感动了？是不是想留我一起吃早饭啊？"
"并没有。我只是想让你告诉其他想见我的朋友，最近，应该说，这两个月，我都没空。"
"啊？你……你要干什么去？"
"没什么事，陪七七。"

【第五波狗粮】 5

"什么都好看？乔先生，请问你的原则呢？"
"我有原则啊，我很有原则的。"
"那你的原则是什么？"
"我的原则就是喜欢你，只喜欢你。"

五年不朽的青春悲恋经典
历久弥新的爱情史诗绝唱

（封面以实书为准）

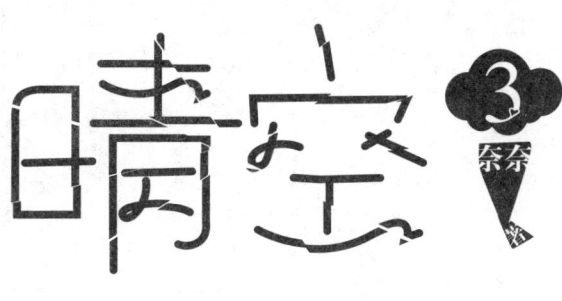

温馨大结局

世事萧索　　爱终温暖
唯愿世间所有的相遇　都能白首不离

谁是最闪亮的那颗星？

星光萌动朵朵盛开
STARLIGHT ARE BLOOM IN FULL

莎乐美 著 SHALEMEI ZHU

这个年代,"小白花"女主角已经落伍啦！
身为女主角,必须个性鲜明,就算有一点点小缺陷也是美啊！

安小朵

长相可爱但是脾气暴躁,虽然有着不足和缺陷,却拥有一颗金子般闪闪发亮的善良的心,毕竟,不是所有人都能接受"机器人"男主角的啦！
她把尹天熙错当成变态,之后心怀愧疚,尽力弥补。
面对和自己反目的朋友,她也不屑于报复,而是努力交新朋友,成为自己最喜欢的那种人！

私人定制"启明星一号",

不可思议男友,强力出击！
暴躁少女安小朵VS奇怪美少年租客！
这位自称尹天熙的帅哥,处处都透着古怪的气息……世界上哪有害怕蔬菜到晕倒的人！

搞笑奇葩"机器恋人",
不解风情美少年,究竟来自哪颗星？
闪闪星光入我怀,
快来迎接"萌爱"教主
甜蜜恋曲的强势袭击吧！

Merry Product
© SOL.Bianca Creation works

美少年漂流教室

——猫小白告诉你：好男人从哪儿来

第一期

最近办公室开始流行一款魔性小游戏，荼毒无数编辑、作者，莎乐美、草莓多、喵哆哆都沉迷其中不可自拔。

"辣鸡"游戏！毁我青春！颓我精神！耗我钱财！
在大家聚精会神抓小精灵的时候，"真·高岭之花"猫小白缓缓飘过，淡淡地说："有这个精力追男生，吴彦祖都被你们搞定了。"
啊！灵魂暴击！
于是在大家的强烈要求下，今天，编辑辛苦整理了一套攻略，命名为《追男生生存指南/摆脱单身狗手册》，大家热烈鼓掌！

吸引男生第一招：

"小白花"女主角已经落伍啦！
要个性鲜明，就算有一点点小缺陷也是美啊！

神秘"妖精之森"

打开充满魔幻魅力的大门！

一条神奇的水晶红心宝石项链，引发三场离奇的时空回溯。奥利殿下不为人知的另一面，到底是什么呢……

传说中的"圣心之泪"，带你回溯时空

呆萌少女VS校园冰山人气男生！
那消失于夜空中的美丽眼瞳，精灵世界中的花美男……

萌版《W》
梭两个世界的迷障！

猎爱终极秘诀：

有自己的人生目标，机智勇敢，百折不挠，努力变成更好的自己，在好男人需要你时伸出援手！

参考对象： 尤小里，孤苦伶仃却充满勇气，连续向爱慕的男生告白三次被拒绝，还是不气馁、不放弃，不惜使用神奇项链"圣心之泪"回溯时空，终于抱得爱人归！

《九月樱花馆·百年王子殿》

一场实验爆炸，引发了一连串奇异的化学反应……少女秦琪与美少年韩煜非的奇异冒险，却才刚刚开始！

可怕的绯樱餐厅中毒事件，是人为还是偶然？

伯利恒陨石窃取计划，是正义的行动，还是卑鄙的盗窃？

突如其来的"诗篇密码"邮件，牵动着两人的命运与身世，这背后究竟是阴谋，还是求救信号？

超过**100 000**人期待的
"猫氏"悬疑花美男小说
人气科研少女 VS 沉睡百年的王子殿下

悬崖之上的浪漫山庄，奏响决战之夜的华丽交响曲！

参考对象： 秦琪，立志要找到失踪的哥哥，就算遭遇一连串的阴谋也在所不惜，而"九月樱花馆"的殿下又怎么会不为她心动呢？

猎男手册第二招：

要勇敢说出来！不要害怕被拒绝，就算出丑，也许他瞎呢！被拒绝了也不要紧，再接再厉不就行了！

无意间闯入"九月樱花馆"，
撞破百年王子殿下之谜！

九月樱花馆
SEPTEMBER SAKURA APARTMENT
百年王子殿
PRINCE OF THE CENTURY

怎么样，编辑已经说得很清楚了吧？大家还不快点行动起来，把好男人抱回家？

人，可以做一条有梦想的咸鱼

《你曾以世界为我仰望》
——西小洛 著

沈木兮在咸鱼难以翻身的时候，遇到了何越。何越扮演着她生命中的重要角色，你喜欢他扮演的哪一种呢？

腹黑冷漠的房东 □　　嚣张自恋的学长 □　　牵线搭桥的恩人 □
陪伴成长的朋友 □　　温柔入骨的恋人 □

世界之大，他是她**微微灯火**，让她付出**一生仰望**。
沈木兮世界里的灯火是何越，你世界里的灯火又是谁？

你想感谢谁，可以将感谢信寄往：**湖南省长沙市开福区黄兴北路89号上城金都南栋21楼魅丽优品**；收信人：**西小洛**。小洛会挑选来信在微博上进行回复。

注：关注更多《你曾以世界为我仰望》新书消息，请在微博搜索**魅丽优品**、**merry_西小洛**进行关注。

名倾天下 空负卿

> 如果你有所耳闻，如果你看到这本书的封面宣传，也许你已经不自觉哼出了"绝唱 一段芊芊"。

没错，这句话正是来自"回音哥"的《芊芊》。呃，虽然编辑已经好久没看到回音哥的消息了，但是这首歌仍旧在我的播放列表中。下面，让我们一起看看唐家小主的播放列表中，有哪些古风歌曲吧！

周杰伦
按数量排，杰伦占第一：《青花瓷》、《兰亭序》、《东风破》、《天涯过客》、《红尘客栈》……

林俊杰
按前一个月的循环播放次数排，JJ的《醉赤壁》和《茉莉雨》成为当之无愧的冠军。

金莎
按女生演唱的古风歌曲喜爱度来排，描述凄美哀怨恋情的《相思垢》绝对稳占榜首。顺便一提，于莎的《十三月》也很凄美，是另一种凄美。（看来叫莎的人唱歌都好听）

> 那么，你又曾被哪首古风歌曲惊艳了呢？
> 微博@Merry唐家小主，快快把你心仪的古风歌曲介绍给她吧！

当艺术系有名的才子，
碰到绝对务实不懂浪漫的女生，
两人之间将燃起怎样的火花？

《深情款款》

在 夏桐 新书《深情款款》中，你将见识到这样一对奇妙组合。鉴于本文男主角是学装置艺术的，咱们今天将上一堂鉴赏课，去看看那些有趣的装置艺术作品。

▶ 以下作品出自法国艺术家 **Bernard Pras**，你能看出他们组合后的图形，以及组成元素吗？

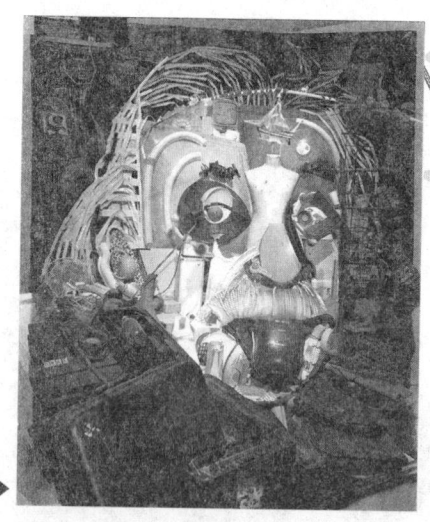

本文的女主角"裴小然"天生运气好得人神共愤，而从**面相学**来看，那些人**天生好运**呢？

天生"幸运心"

1. 在日常正常情况下（没有喝酒、没有运动），一个人的脸部透出自然而健康的红晕，且整张脸都隐隐有光泽。

2. 草里藏珠：即在眉毛里面长有小痣的面相，是绝对的好运之相。

3. 亮面：这种面相是可以后天保养形成的，亮面的重点在于眼睛要亮、额头要亮、鼻尖要亮。

4. 鼻翼比较宽大，而且鼻头上面肉很多的人通常运气都很不错，虽然从外貌的角度来说这样的鼻子可能不是典型的美貌之相。

搜索资料的时候，编辑一直照着镜子对应自己有哪些"好面相"，对比得十分认真，然而，当编辑将资料页面拉到最下端时，那里写着这样一句话——面相这种虚无的东西看看就好，当真你就输了。

好吧，编辑输了……

不过话说回来，运气这种东西确实捉摸不定，比起碰运气，编辑还是觉得脚踏实地、做足准备比较好。

(*封面以实书为主)

【花语】
每个女孩都是一朵花

你知道吗？
自然界的每一朵花，都有自己的解花语，正如每一个豆蔻年华的少女，都有属于自己的心事。
清新少女*希雅*专为像花儿一样的少女们量身定制，用美妙的花语解读一个个少女心事。
如果你还没有翻开它们，就一定不知道那些花儿的秘密！

栀子花花语： 喜悦、坚强、永恒的爱与约定

产地：《到不了的地方叫永远》

陆凌南遇到那个像栀子花一般的少年赵宁时，就如生机盎然的夏天充满了未知的希望和喜悦。正如洁白的栀子花一样，他们的相遇虽然看似不经意地绽放，却经历了长久的努力与坚持。
他们在平淡、持久、温馨、脱俗的相处中，领悟的是美丽、坚韧、醇厚的生命本质。

花的心事： 这憾经历一次就足够，我不想所有赵宁，都与我擦肩而过，因为这世上一定不会再出现一个奇迹。我所能握在手里的奇迹，一定是与赵宇相遇。

产地：《紫阳花开少年时》

紫阳花花语： 希望、美满、忠贞与两情相悦

当小小的叶暖在粉蓝粉紫的花团里遇见那个小小的许陌时，彼时狼狈的她因为一个漂亮的蝴蝶结而充盈着对生命的热忱和希望。当"铜墙铁壁三人组"终被打破时，叶暖、许陌、程瑞也终于在粉色花团中迎来了美满，收获了两情相悦。

花的心事： 不喜欢小竹马的小青梅，最后都是这么被小竹马的魅力折服的。微风在窃窃私语，紫阳花摇摇曳曳，那穿着小礼服的小青梅，爱上了那个绅士般的竹马少年。

鸢尾花花语： 优美、纯真、仰慕与爱的使者

产地：《谁家鸢尾开如海》

每次都惹骆小涵生气，每次都惹骆小涵哭，却原来是为了引起她的注意，可是成功之后，他又不告而别。终于，爱的使者，还是把他带到了她的身边。

花的心事： 老天爷多么善良，他听到了我的祈祷，于是同样的少年，他在这片花田里对我说了喜欢。

★艾可乐★
少女的爱情小巫师

潮流少女的白金浪漫秘籍！
年度最爆笑的校园纯爱系列小说——

"星座公寓"系列!

一间入住四名极品美少年的豪华公寓！
三段让人脸红心跳的绯色校园罗曼史！
伴随十二星座的华丽传说，
少女们的唯美爱情启示录甜蜜打开！

- 白羊座功夫少女管家 pk 处女座高傲挑剔美男
- 完美高智商天蝎学霸 VS 迷糊花痴双鱼座少女
- 恐惧社交的摩羯千金 & 搞怪鬼才双子美少年

还有星座学高手闺密+塔罗牌占卜萌妹联手助攻！

2016.9/10 欢快上市

★★★ 鲜售价：**26.80**元

"星座公寓"专属定制周边：《旋风甜心日志》+《萌心学霸手账》+星座随星卡

集齐十二星座随星卡更可召唤神秘大礼哦！

陌安凉"姐妹篇"
云上尘埃 寒雪覆城

地面的尘埃，没有阳光的滋养，能否覆盖星辰大海？
云上的寒雪，随着岁月的流逝，终于湮没了时光里的深爱。

一场交织着**爱与恨**的纠缠
一段充满**伤害与撕裂**的记忆
一场没有彩排，迷失初心的**散场青春**

到底，青春有多美好呢？
**相遇那天，你的样子落入我眼中，
就是美好。**

寒冷的**冰雪**/**凉薄**的你
无尽的**尘埃**/**卑微**的**我**

这青春如利刃，无情伤我
一世孤城

青春疼痛文学代表
作家 **陌安凉**
年度催泪悲爱"**姐
妹篇**"联袂巨献！

《**云上的尘埃**》【内容简介】

天上的云朵，是否一定就比地上的尘埃高贵？
冷漠淡然的吕艾草，在18岁时遇见了阳光少年乐程昱，心上开出一朵花。可母亲的意外去世改变了她的所有。她不得不背起黑色枷锁，用尽心计去接近那些毁掉自己生活的人——善良柔弱的杨星雪，优柔叛逆的景卓然，还有曾经抛妻弃子的杨建业。
心已死，泪已干，那些所谓的温暖再也唤不回艾草曾经的温柔，反而成了加速毁灭她所有的刽子手。
命运的种子飘落，有人成了地上的尘埃，有人却成了天上的云朵。
残酷的不是命运的安排，而是耗尽青春，再无岁月可回首。穷尽一生，到头来只是茕茕一人。

《**寒雪覆城**》【内容简介】

燕琛，你知道吗？赤道留不住雪花，就像我留不住你。
郁寒，你知道吗？海洋住进贝壳，而你住进了我心里。
林默，你知道吗？他们说身为孤儿的你很狂很坏，只有我知道，你很温暖很美。
燕小七，你知道吗？纵然时光每秒都在后退，天堂落满沙尘，你永远是那颗最亮的星星。
过去的我们，就像这一场漫天纷飞的大雪，美好过，绚烂过，却终究消逝了。
你们不知道，荒冢青春里的你们，带走了我的全世界。
寒雪如刃，只伤我一人，悲伤覆城，却要伤我一生。

煽情飙泪 · 飓风文字 · 寒潮来袭 · 请注意给心脏保暖！

这位美少年，我有个恋爱想跟你谈谈。
随着韩剧《W》的大热，漫画里走出来的二次元美男姜哲简直就是"少女心收割机"！
拿得了奥运会射击冠军，掌管得了跨国集团公司，甚至连智商都随意爆表！更难得的是，他居然还是女主角的私人定制款，是女主角创造出来的完美契合理想型。
连只知道美食的巧乐吱都惊动了，一边吃着cupcake，一边幻想自己笔下的各种类型男主角。如果真的把自己笔下的男主角组成"巧乐吱牌男神梦之队"，哪三款才是适合你的定制理想型呢？

巧乐吱牌 男神梦之队

哪一款才是你的定制理想型呢？

A. "人生如戏，全靠演技"——奇葩妖孽型
盛昊伦·《猎爱100℃殿下》巧乐吱
Surprise事务所的实际掌权人，执行人，绝世妖孽一般的人物。他拥有男神的脸，男神经般的性格，每天都在为你创造百分之百的浪漫惊喜！

B. 王牌"卧底"继承人——霸气暖心型
许乔安·《糖果色费洛蒙之恋》巧乐吱
大型美食连锁Mini集团的继承人，恋人遇到困难会默默出手帮忙的行动派，遇到危机会站出来挡在所有人前面的霸气美男。为了喜欢的人和美食，他愿意奉献自己的所有！

C. "全世界只有我能欺负你"——别扭骄傲型
柏圣琦·《暖阳里的拉斐尔》巧乐吱
天界"人类愿望司"进程反馈员，相当于淘宝的售后客服。长相帅气，但骄傲且说话刻薄。闯再大的祸都不怕，他拥有消除人前十分钟记忆的能力，能完美抹去所有的不愉快。

期待跟书里的那些**"定制理想型"**来一场**完美邂逅**吗？
请关注巧乐吱近期的上市新书哦！

小优趣读系列

西西莉亚

少女们的华丽冒险，
青春里的浪漫成长

每个女孩都渴望有一场**华丽的冒险**，
在诗意和浪漫的幻想里徜徉。

花漾青春，
让小优伴你美丽成长！

魅丽优品全新打造
清新、优雅、阳光、趣味
的"小优趣读"系列

人气作者 **西西莉亚** 首次长篇献礼

神奇际遇 打破平静生活
假如 古董 会说话？
假如 化石 能造梦？
假如 字灵 在求助？
……
你们的校园生活会变成什么样子呢？

奇幻故事＋精华趣读
思维碰撞＋绝妙图画

在这里

愿你发现不一样的自己

"小优趣读"系列 《会说话的古董》

象牙塔少女沈星月最崇拜的人是身为故宫文物修复师的叔叔。她14岁生日当天,收到叔叔送的"东王公西王母铜镜"仿品之后,无意中打开了神秘的文物世界大门。

衣袂飘飘的《清明上河图》少年张择端,在故宫"扮鬼"捉弄游客;"呆萌"的西安乾陵翁仲大叔,委屈地蹲在地上画圈圈;太和殿屋脊十大瑞兽联手欺负"故宫外来人口";还有敦煌莫高窟里无脸飞天女传来的哀婉哭声……神秘事件一次次出现。

沈星月在解决这些事件的过程中,慢慢被有家学渊源的晏晓声发现了自己的秘密。谁来告诉她,为什么这个冷漠美少年晏晓声总是能化腐朽为神奇?

神奇少女沈星月搭档全能少年晏晓声,将带你踏上独一无二的古董文物保护之旅……

你准备好了吗?

"小优趣读"系列 《会造梦的化石》

"假小子"贝茵茵无意中得到了一块能和远古世界连通的化石,便开启了激动人心的史前大冒险!

在那里她遇到了不会说话的原始人樱桃一家和威猛霸气的猛犸象多玛,还有爱装可爱的剑齿虎喂喂……无忧无虑的原始社会让贝茵茵似乎有些讨厌现实生活了。天才少年实验室成员易卜的父亲在一次原始遗迹考古中遇难,留下了根本不可能完成的遗愿。不过突然闯入他的世界的贝茵茵却带来了神奇的化石,似乎让遗愿有了那么一点点实现的可能。

在贝茵茵成为少年实验室唯一一位非天才的编外成员后,他们在神奇的远古世界里遭遇了巨型猛犸象追逐、夺命泥石流风波,还有原始人朋友的小小感冒酝酿成的严峻危机;与此同时,现实世界中,化石的秘密也遭到坏人觊觎,危在旦夕。

为了保护史前文明和原始人朋友,少女贝茵茵联手天才美少年们共迎巨大考验!

还在等什么?
赶紧一起踏上充满未知的奇幻旅途吧!

10月新书上市预告

《凤鸣大陆⑥失落遗迹》 缘分0 著

▶ 持续引领西幻文学热潮

知识出版社

《美少年樱之簿》 喵哆哆 著

▶ 一本相簿打开异次元美少年后宫之门

天津人民出版社

《你曾以世界为我仰望》 西小洛 著

▶ 有支离成伤，以微光仰望

万卷出版社

《记忆是崩落的沙》 锦年 著

▶ 有关你的回忆是用细沙筑起的城堡，暴雨后崩塌覆没

知识出版社

"星座公寓"系列《旋风白羊座管家》 艾可乐 著

▶ 元气功夫少女对战四大极品星座美少年

知识出版社

"星座公寓"系列《猎心天蝎座学霸》 艾可乐 著

▶ 腹黑学霸+迷糊少女+豪华星座帅哥团的真爱逆袭之战

知识出版社

《南风替我告诉你》 安晴 著

▶ 你是南风一场，拂我眉间心上

湖南文艺出版社

《爱至荼蘼，夏季微凉》 叶冰伦 著

▶ 哪怕不能拥有，也要拼命守护

知识出版社

 眭安凉 著

 莎乐美 著

 唐家小主 著

《寒雪覆城》

《薄荷少女骑士》

《云荒瑶》

▶ 寒雪如刃的荒冢青春

▶ 捕获男神的未婚妻修炼手册

▶ 心思单纯的姑娘换上令人闻风丧胆的女魔躯壳

湖南文艺出版社

湖南文艺出版社

天津人民出版社

 夏桐 著

 奈奈 著

 草莓多 著

《深情歌赋》

《岁月终将各自美丽》

《初晴草莓园密码》

▶ "艺术系才子"与"务实女生"的浪漫欢笑之路

▶ 看大小姐从云端跌落后如何霸气回归

▶ 少女必修恋爱白皮书

天津人民出版社

万卷出版社

湖南少年儿童出版社

 凉桃 著

 西小洛 著

 希雅 著

《请用科学的方法心动》

《再见,北极光》

《谁家鸢尾狂如海》

▶ 在异界被迫成学霸,顺带收服男神,日子简直炫酷

▶ 极光远走,黎明不会到来

▶ 优美、纯真、仰慕与爱的使者

天津人民出版社

万卷出版社

万卷出版社

 西莉亚 著

 南朝陈 著

 铁鸟飞桥 著

"小优趣味"书系 《会造梦的化石》

《锋凌天下V鱼龙变幻》

《吞天决X众生黎明》

▶ 贪玩少女搭档天才美少年的远古冒险,有可爱史前生物出没

▶ 十年磨一剑,奇幻新武侠

▶ 收官之作重磅来袭,永恒经典精彩纷呈

天津人民出版社

湖南文艺出版社

广东旅游出版社